COÉDITION ACTES SUD / INSTITUT FRANÇAIS D'ATHÈNES
série dirigée par Michel Guérin et Catherine Vélissaris

DANS LA MÊME SÉRIE

1991
Andréas Embiricos, *Haut fourneau* ;
Argo ou Vol d'aérostat.

1992
Réa Galanaki, *La Vie d'Ismaïl Férik pacha.*

LE MESSAGE

DU MÊME AUTEUR

SAINTE-MAURE, Le Seuil, 1984.
COMMENTAIRE SUR LE CAS, Denoël, 1985.
SUR LA ROUTE D'OPHRYNIO, Le Seuil, 1986.

Titre original :
Tò Μήνυμα

ISBN 2-86869-843-3

Illustration de couverture :
Abel Quezada,
Portrait d'un grand général (détail), 1981

Ouvrage publié avec le concours
de la Commission des Communautés européennes.

Philippe Dracodaïdis

LE MESSAGE

roman traduit du grec par Karin Coressis

ACTES SUD
HUBERT NYSSEN EDITEUR

INSTITUT FRANÇAIS D'ATHÈNES

AVANT-PROPOS

Le Message de Philippe Dracodaïdis ne se raconte pas, même si les choses paraissent à première vue d'une limpidité mathématique : un homme est chargé de porter un message de félicitations adressé par Emiliano Zapata à Lénine à l'occasion de la prise des Palais d'Hiver (le fait est réel), et doit donc se rendre, à cheval, d'un point A (le Mexique) à un point B (Moscou). C'est fort clair, apparemment, et si on sait peu de choses du personnage un peu mythique du révolutionnaire mexicain, on sait tout, ou presque, du grand et célèbre Vladimir Ilitch Oulianov. C'est, pense-t-on, la trame, le fil conducteur du livre, qu'on imagine déjà entrecoupé du récit des aventures périlleuses du voyageur et de réflexions sur le sens véritable de l'idéologie révolutionnaire, une belle synthèse historique sur fond d'héroïsme et de dévouement individuel, le frisson des grandes causes…

Or nous sommes loin du compte. Le fil conducteur existe, c'est vrai, mais il est ténu, et s'il est entrecoupé, ce n'est pas par le récit d'épisodes périlleux : le porteur du message ne parcourt d'ailleurs pas de chemin réel, il n'est pas question de suivre son itinéraire sur une carte géographique, il ne traverse ni plaines, ni montagnes, ni océans, ni steppes, on ne sait même pas combien de temps il voyage, ni même s'il arrive jamais, et d'ailleurs arrive-t-on jamais à Moscou ?… Ce sont d'autres épisodes qui rythment le texte, les extraits de moments historiques qui ont agité le monde pendant deux siècles, qui ont tous pour dénominateur commun la révolution. Ce sont les étapes d'un tout autre voyage…

Il s'agit plus d'un roman sur l'histoire que d'un roman historique, et il s'agit plus aussi d'un roman révolutionnaire – entre autres choses parce qu'il échappe aux étiquettes, je le constate avec un certain agacement – que d'un roman sur la révolution. Omniprésente, la révolution l'est pourtant bien, mais vue par le petit bout de la lorgnette, dans la poussière mexicaine, la cour d'une imprimerie, une salle d'auberge sud-américaine, une des cellules de la Bastille…, présentée sous la forme d'une mosaïque de fragments historiques inattendus, quelquefois incongrus, d'un collage d'épisodes hétéroclites, qui finit par donner de la révolution une image différente, à la fois historiquement incontestable et artistiquement renouvelée. Comme si l'auteur avait pris le parti de préférer l'humble au grandiose, les "petits" anonymes aux "grands" déjà célèbres, les théâtres discrets aux arènes trop bruyantes, les faces cachées aux aspects avoués, les versions méconnues aux "classiques", le sensuel à l'idéologique… Le général Zapata côtoie donc le typographe Nicolas Contat et son compagnon Jérôme, le menuisier Joseph Arné, le marquis de Sade, le capitaine Coignet, Luis de León Saaverda y Pessoa et bien sûr le grand Lénine. Un Lénine qui ne semble pas fait de chair et de sang, un Lénine sans visage, trop parfait, trop professionnel, qui s'efface peu à peu devant un Zapata couvert de poussière, transpirant et troublé dans sa province Morelos.

Le point B nous semble à présent moins familier que le point A, l'histoire moins vraie que le mythe. On s'intéresse soudain davantage à la distance (au sens propre et au figuré) qui sépare les deux pôles protagonistes du livre, et à ce messager dont on sait maintenant qu'il n'est pas parti pour arriver mais simplement pour avancer : on ne peut plus ignorer le caractère symbolique de sa présence et de son cheminement.

Il regarde, écoute et interroge, progresse sur un texte aussi mouvant et incertain que la vie même, sorte de *twilight zone*, d'espace surréaliste où tout est possible, y compris la résurrection des morts, où deux siècles d'histoire révolutionnaire (et de littérature, les références, ostensibles ou non, sont nombreuses) se bousculent. Un texte où le narrateur s'éclipse sans préavis pour faire vivre ses fantômes, où l'imparfait se substitue au conditionnel sans qu'on y prenne garde, le réel à l'hypothèse, la révolution à l'ordre établi. Un texte aux mille visages, dans la promiscuité duquel on se frotte à un ton tour à tour docte et sentencieux, ironique, mordant, authentique, profond et tendre, à une langue précise et lapidaire, mais aussi truculente, dévergondée, emportée, sans retenue comme la colère du peuple (le présent peut surgir au détour d'une phrase et la tempête se lever), bruyante et violente comme les affrontements des barricades…

L'osmose est telle entre le texte et la révolution… se peut-il que la révolution soit dans le texte, que le texte soit révolution ?

KARIN CORESSIS

1

De grands voyages, de contrées connues à contrées connues et inconnues. Voyages de pays réels à pays fictifs. Tous inscrits sur la carte, dans les moindres détails. Beaucoup ont voyagé dans leur chambre dont ils ont fait le tour, beaucoup se sont déplacés sans bouger de leur chaise. Il nous en est resté cette saveur : c'est en nous que nous voyageons et les voyages majeurs sont ceux qu'on ne peut établir ni tracer, qui restent sans légende, sans rhapsode pour les célébrer : ils sont anonymes et inaccessibles, pleins de peurs et de doutes, secrets, ni avoués ni démentis. Des voyages sans fin. Agités, étourdissants. Presque ineffables, inévitables. Inachevés, à bout de souffle ou de longue haleine, échappant à la carte, totalement. Loin d'être étrangers en tout cas.

Allez donc localiser le voyageur, point minuscule, sur le Globe, avec les montagnes, les fleuves, les mers, parmi toute cette roche, la flore amazonienne, l'eau des océans. Le faire sur la carte, c'est une chose : on promène son doigt à la surface et on se déplace d'un endroit à un autre. Mais réellement aller d'ici à là-bas, emprunter des routes et des chemins jusqu'à atteindre la ligne des frontières, c'est autre chose. Sur la carte, de ce point extrême, Moscou a l'air de n'être distante que d'une enjambée : elle est là, au bout des steppes, des océans, des forêts ténébreuses.

D'ici à Moscou, la belle affaire. Il n'y a sûrement qu'un saut, le temps de fumer un cigare, avait dû penser le Général Emiliano Zapata. Et s'il éperonnait lui-même son cheval pour se retrouver en personne devant le Kremlin ? Hélas, il avait tant de responsabilités : le peuple était pendu à la queue de son cheval et ne la lâchait pas, pas même la nuit quand son cheval se reposait dans un pré, la bousculade était pire s'il entrait dans une étable. Plus tard, quand la révolution sera finie, le Général et son cheval ne seront plus que deux lieux oubliés que les voyageurs de tout poil négligeront de fouler et qui communiqueront par le regard, partageant leur conviction que la liberté, la justice et la loi l'avaient emporté. Grand changement sur la carte du Globe !

Le Général Emiliano Zapata n'a jamais quitté la province Morelos du sud du Mexique, si Lénine voulait le voir il n'avait qu'à venir le trouver, il n'est pas allé en Russie, ni même à Moscou, il est d'ailleurs assez peu probable qu'il en ait jamais eu l'idée. La mort est venue effacer ses projets le 10 avril de l'année 1919. Preuve en est la photographie faite par Augustín Victor Casasola, qui a pris soin de réserver ses droits grâce à une note placée à droite, en majuscules blanches, sur le veston noir d'un témoin oculaire, dont le regard est tourné vers le ciel, rappelant un tableau de la Renaissance où des anges assistent à la descente de la Croix. La note donc, dont les mots dégringolent de l'épaule vers le bas de la manche, indique : "Propriété protégée selon la loi, Cuautla-Mexico, 10 avril 1919", quelque chose comme ce qu'on appelle copyright, brevet, ou marque enregistrée. Et au milieu de la photographie le Général Mort qui, comme s'il était besoin que son identité soit confirmée, porte, tracé en travers de la poitrine, sur le sang qui trempe son gilet, son nom :

EMILIANO ZAPATA

C'est un assistant du photographe qui a pris le soin de graver le négatif.

Autour du Mort trois personnes se pressent, fixant l'objectif, les yeux grands ouverts, en contraste total avec les paupières closes du Général. Sa tête repose sur une taie blanche et le contour s'en dessine nettement : les cheveux sont collés, mais la moustache paraît avoir gonflé, soudain, et épaissi, de sorte qu'elle recouvre les lèvres. Les joues sont flasques et il y a comme un double menton. Le vieillissement. La décomposition.

Pour l'amour de Dieu, bredouillèrent plusieurs personnes. Notre Général n'est pas vieux, il n'a peut-être même pas quarante ans. D'où sort-il ce double menton !

Donc, ce n'est pas lui, conclut tout le monde.

Et un soupir de soulagement distinct et net parcourut le Mexique et mit les miasmes en déroute. Des astuces de photographes : Dieu sait qui leur graisse la patte pour fabriquer des photographies pareilles et provoquer des émotions fortes de ce genre. Et à la foire de Yautepéc, où se rassemblent les enchanteurs et les curiosités du monde, on faisait payer les gens, sans trop qu'ils ne le réalisent, pour les pousser dans une petite pièce sombre et leur faire voir la photographie que brandissait sous leur nez la grosse Bertha aux sept plis sous le menton et à la pulpe des doigts translucide, d'où émanait la lumière d'un autre monde. Terreur de l'enfer.

Ils font ça pour nous chasser du pays où nous avons voyagé si longtemps, accrochés à la queue du cheval de notre Général, du pays de nos contrats, de notre petite mère la terre.

Un Général pareil ne peut pas tomber dans le piège de ses ennemis. Le cadavre lui ressemblait, c'est tout : il n'avait ni son grain de beauté sur la joue droite, un peu au-dessus de la moustache, ni la marque qu'il avait déjà dans le ventre de sa mère sur la poitrine, ni le bout entamé du petit doigt de la main gauche.

Le Général est vivant !

Il est vivant !

Et de quel droit “général” ? s’insurgeait Jesús Guajardo. Où a-t-il gagné ses galons et de quelle école militaire est-il sorti ? C’était un imposteur, un démagogue, et c’est la Nature elle-même qui l’a anéanti, car elle a horreur des avortons. J’ai été le doigt de la Nature.

Du bout des doigts, il effleurait sa moustache, qu’il avait noire et drue et qui formait comme deux cornes fleurissant en vis-à-vis au-dessus de lèvres impeccablement dessinées. Il avait fait l’école militaire pour ensuite monter en grade comme il le méritait, étant incollable sur les manuels de stratégie.

Entrez, mon Général, passons à table, avait-il offert à Emiliano Zapata, le voyage a dû être long.

Il avait fourni des preuves irréfutables qu’il était désormais mûr pour déserter le gouvernement légal et rejoindre les rangs de l’Armée libératrice du Sud, indigné par les cruautés du général Pablo González, sous les ordres de qui il servait. Cette entrevue-là devait régler les derniers détails.

Ça ne fait rien, avait dit le Général, j’ai l’habitude.

Mais l’heure passait, il faisait chaud – plein midi, un jour de printemps où les odeurs vous tournent la tête – et la victime qui avait toujours refusé de telles aimables invitations, d’un pas lent, tel le fantôme qui paraît inopinément, s’approcha de l’entrée du jardin du domaine de Chinameca, le lieu de rencontre. Il s’y enfonça. La garde s’était alignée pour lui rendre les honneurs et les clairons portèrent leur instrument à leurs lèvres pour transmettre les commandements d’une extrémité à l’autre du rang. Alors, d’un seul mouvement, suivant les préceptes des ouvrages d’art martial sur l’attaque par surprise, toutes les armes de la garde d’honneur se vidèrent sur le corps d’Emiliano Zapata, comme une salve le jour de la fête nationale, et le fantôme tomba pour ne plus se relever. Après cet effort, on procéda à la distribution de l’ordinaire – avec un peu de retard. La ration fut double, l'ensemble de l'opération ayant été qualifié de corvée. Le voyage du Général avait pris fin.

Il était deux heures passées. Deux heures et quelques minutes à toutes les horloges du monde. Ce n'était pas la prise d'un lieu, mais sa disparition. Voilà donc le but d'un tel assassinat : faire des sans-abri et des sans-foyer. Et peut-être faudra-t-il appeler bienheureux ceux qui partent à temps pour l'autre monde : le voyage qu'ils avaient entrepris ne tient presque jamais toutes ses promesses, surtout lorsqu'il s'agit de révolution. Les époques précédentes devaient s'en douter puisqu'elles ne s'y sont pas risquées.

De ce point de vue, le Général Emiliano Zapata a eu de la chance.

2

Dans les temps passés, les événements allaient trouver les hommes sur leurs lieux de rencontre – le marché, le foyer, le théâtre, de sorte qu'il leur était possible de parler de destin, de catastrophes et de contes, le tout bien ordonné et bien partagé. Cette habitude doit avoir changé depuis longtemps et pris le chemin inverse : ce sont les lieux qui, tous, comme des proies à la dérive, viennent à la rencontre des événements, sans résistance, parce qu'ils admettent que le monde n'a plus rien d'inexploré – un vassal –, que tous les recoins en ont été foulés, et tous les mystères répertoriés dans des fichiers qu'il suffit de feuilleter pour les "voir". Tout se passe "comme si on y était", toujours bienvenu, témoin : tricotant sous l'échafaud de la guillotine, manifestant et gréviste, partisan organisé muni d'une carte, spectateur paisible du petit écran. Aucun charme. Pas la moindre amitié.

Ne cherchons pas à savoir lequel de l'autrefois et de l'aujourd'hui vaut mieux. Pour ce qui est de l'autrefois, on connaît la suite. Pour ce qui est de l'aujourd'hui, il faudra patienter. La difficulté sera sans doute de séparer le bon grain de l'ivraie : écarter tous ces détritus qui s'amoncellent si vite, faisant croire que tout a de la valeur, pour aller repêcher les reliques vraiment précieuses, exigera des efforts surhumains. Et on manquera peut-être de persévérance.

On est en droit de se demander depuis quand il est admis que l'espoir de ressouder passé et présent s'est éteint, en dépit des promesses qui l'entretenaient. Serait-ce depuis que les révolutions se sont mises en branle ? Il est vrai qu'elles ne sont pas achevées, mais leur œuvre est sans rapport avec ce qu'en a retenu l'Histoire. On conviendra donc que, comme le passé n'éclaire en rien le futur, l'esprit chemine dans les ténèbres profondes. En d'autres termes, depuis que l'obscurité du futur n'est plus baignée de lumière par les reflets intarissables du passé, les lieux se sont descellés de leur base et, pareils à des statues privées de leur socle, ils sillonnent les routes du monde comme des vampires affolés par le manque de sang à sucer. Hasardons-nous à dire que les civilisations ne savent pas seulement qu'elles sont mortelles mais que – semblables à certains animaux qui quittent le troupeau lorsqu'ils sentent leur fin approcher – elles s'écartent et se mettent à errer jusqu'à disparaître au loin. Cette errance résonne à nos oreilles comme la plainte d'un Prométhée Délivré pleurant son foie, incapable de capturer l'aigle qui le lui becquetait pendant les millénaires où il était resté solidement et sûrement Enchaîné au Caucase. Si l'Histoire n'est autre que le vol d'un escadron d'aigles gorgés de foie – la belle harmonie –, le souvenir des cris de l'Histoire, le désir envieux des battements d'ailes de cet escadron devra s'appeler révolution. Nul doute qu'un tel clavecin n'est pas bien tempéré et qu'aucun Jean-Sébastien Bach n'est appelé à naître, puisque, selon l'ordre naturel, c'est l'instrument qui cherche son dompteur, et non l'instrumentiste sa virtuosité. La question est donc de savoir si, privé de l'ombre de l'Histoire, un manipulateur de mots peut encore produire une œuvre. La seule issue, je suppose, qui s'offre à lui, mesurant tout le monde à son aune, est de lancer sa ligne dans le vivier où paissent librement les œuvres subsistant des temps écrits, trésor spolié des siècles, certain que d'un tel frai il puisera sans trop de peine les abondants poissons qui assouviront son désespoir et guériront tous ses tourments.

Ce ne sera ni la première fois ni la dernière et la recette a fait ses preuves. Depuis Octave Auguste jusqu'à la chute finale de l'Empire romain, les commentateurs, les maniaques de la Synopsis et du Traité ont sombré dans la débauche et se sont jetés sur les reliques du passé, pressentant la faiblesse du présent, à savoir l'horrible silence du futur, qui n'a pas manqué de taire leurs noms et leurs rabâchages. Les morts ont agi naturellement : en morts vivants, état fréquent des humains. L'œuvre au contraire a, pour vivre, une présomption d'éternité qui se moque du temps. C'est là ce qu'elle partage avec la révolution, laquelle cependant ne nous a pas prouvé que le temps ne se moquait pas d'elle.

Qu'est-ce qui m'a pris, me dis-je, de me lancer dans un sujet pareil, vivant et entouré de murs ! Qu'est-ce qui m'a pris de me mettre en branle pour déambuler par ruelles et rivages, regrettant mon foyer où je m'émerveillerais des heures qui passent, des bruits du monde, ce festin prodigalement offert et nullement apprécié ! Je couve l'illusion qu'un écrivain a le pouvoir de forger des lieux, de les porter d'un signe à l'avant-scène, preuve que, contrairement souvent aux enseignements de l'Histoire, les mots possèdent la lumière perpétuelle éclairant à la fois le passé et la route qui mène au futur, de sorte que l'esprit ne chemine pas dans les ténèbres, mais sous des rayons intenses qui déchirent l'Erèbe et mettent en œuvre la genèse du monde.

Les époques défilent et les choses me semblent de plus en plus étranges, plus imprenables, plus caucasiennes, au point que les mots ne les atteignent plus. Il serait bon pour la paix de mon âme que je parvienne au terme de mes discours. L'illusion pourrait alors s'appeler vérité, comme tant d'autres voyages.

Emiliano Zapata ne m'offre pas de soutien. En ce qui concerne les autres généraux qui ont tenu un rôle pendant la révolution du Mexique – Venustiano

Carranza et Francisco Villa – et qui ont sillonné le Nord, franchi de grands espaces, faisant flotter leur étendard, brigands, voleurs, professionnels, rassemblant autour d'eux intellectuels et partisans, ces poules agglomérées derrière la main qui leur jette de la nourriture, en ce qui les concerne, la matière surabonde. Indigents et pèlerins, ennemis et adorateurs, ils ont édifié des arguments, des explications, des exploits, ils ont arrosé les racines de leur légende. Emiliano Zapata, lui, qu'a-t-il à proposer en échange ? Son regard, son visage sombre, son amour des chevaux. Pas même son assassinat. Parce que les deux autres aussi ont été assassinés. Ils l'ont suivi dans le trépas, bien que lui se fût désolidarisé d'eux dans la vie. Dans le fracas de la révolution, le Général fait figure de gêne persistante. Je ne cesserai jamais de croire aux actes uniques et inimitables qui rendent caduque l'impassibilité du monde et possèdent cette opiniâtreté propre au retour des époques. Tant que le monde des hommes ne laissera aucune latitude à un tel naturel, je me délecterai à en parler et à prétendre, avec toute la vanité de mes discours, que ce sont ces actes qui rendent la vie supportable et le futur visible – que les systèmes le démentent.

Le 10 avril 1919, le grand Lénine fêtait son anniversaire à Moscou. Il était né quarante-neuf ans plus tôt – le 10 avril 1870 – à Simbirsk, fils d'un professeur de mathématiques, qui avait fini par être promu directeur des écoles primaires, avait été plusieurs fois décoré pour son action et avait eu le droit d'acquérir un titre de noblesse. Le grand Lénine n'oubliait pas cet homme, partisan de l'éducation populaire, pas plus qu'il n'oubliait sa mère qui jouait du piano et lisait beaucoup. Il n'oubliait pas non plus l'été où sa famille avait séjourné au village de Cokouchkino et où il avait eu l'idée que, pour réduire la distance qui le séparait de la rue, il lui fallait sauter par la fenêtre au lieu d'ouvrir la porte. Son père lui avait bricolé des marches de bois à l'intérieur et à l'extérieur de la fenêtre pour lui faciliter la tâche.

Si mon frère aîné Alexandre, pensa le grand Lénine, avait su concevoir ce raccourci, il n'aurait pas été condamné à la pendaison le 8 mai 1887, pour son attentat contre le tsar Alexandre III. La révolution, ce n'est pas la logique de la porte, mais l'exigence de la fenêtre. Nous les bolcheviks, nous n'ouvrirons pas la porte pour aller dans la rue de la révolution. Un tel voyage est hors de question.

Le 10 avril 1919, personne n'ouvrit la porte du bureau du grand Lénine pour lui apprendre qu'Emiliano Zapata avait été assassiné. Il ne s'agit pas de négligence. Les lignes télégraphiques débordaient de vœux, qui faisaient diligence pour atteindre le Chef de la révolution, et les responsables de la transmission n'avaient guère le loisir d'interposer une information qui avait l'air mythique – les hommes sont, dans leur majorité écrasante, ignorants de la géographie. Et quand les journaux où il était question – entre beaucoup d'autres choses – de l'événement parvinrent au secrétariat du grand Lénine, cela aurait fait réchauffé d'envoyer ses condoléances, si tant est qu'il y ait songé.

L'absence de condoléances renforçait les rumeurs dans la province Morelos.

Si personne ne s'est rendu compte de la mort de notre Général, répétèrent beaucoup de gens, c'est que notre Général vit.

Vive Emiliano Zapata, entendit-on.

Personne n'eut peur. L'analgésie du Monde ne se laisse pas troubler par des vies prolongées jusqu'à l'immortalité. Beaucoup de gens sensibles, morts en temps et heure, eurent jusqu'à cet instant la certitude que le Général était parti pour Moscou où, en raison du décès de Lénine survenu en 1924, les accords avec les bolcheviks concernant la campagne destinée à achever la révolution au Mexique avaient été différés. Ce sont les prolongements de telles visions qui ont tenu le désespoir à distance et entretenu la conviction que le passé n'écarte pas le futur.

3

... A l'occasion de la prise des Palais d'Hiver et issue victorieuse du long combat livré par peuple Russe, Vous personnellement et Vos Collaborateurs, chaleureuses félicitations, de tout cœur avec Vous, certain du progrès de la Révolution et de la prospérité de Votre Patrie.

EMILIANO ZAPATA, GÉNÉRAL DE L'ARMÉE LIBÉRATRICE DU SUD, ANENECUILCO, PROVINCE MORELOS, MEXIQUE

LE 28 OCTOBRE 1917.

— Nous ne sommes pas à Anenecuilco, grommela son secrétaire Manuel Palafox.

— Mais c'est là qu'a eu lieu mon élection, lui rappela le Général.

Il apposa sa signature, plia le papier, l'enfonça dans l'enveloppe dont il mouilla de salive les bords pour la fermer. Il devrait être informé des événements de Russie ; les anarcho-syndicalistes et les missionnaires errants de l'insurrection et de l'imminent renversement des choses de ce monde avaient tant écrit et prêché qu'il n'en avait retenu pour lui que ce strict minimum qui n'est pas loin de la vérité. Il n'avait guère confiance en ce que la Presse divulguait.

— Nous n'avons pas mis de numéro de protocole, remarqua le secrétaire.

— Appelle-moi des volontaires, ordonna Emiliano Zapata.

Un soldat ouvrit la porte du bureau du Général.

— C'est toi le premier volontaire ? demanda le Général.

— J'ai l'honneur de vous rapporter que je suis le premier, mon Général.

— Où est le second ?

— J'ai l'honneur de vous rapporter qu'il n'y en a pas de second, mon Général.

C'est ainsi que se fit le choix du volontaire qui allait prendre des mains d'Emiliano Zapata la missive au contenu inconnu – le message – enfermée dans l'enveloppe blanche et partir dans les heures suivantes (en tout cas le jour même) du sud du Mexique, à cheval, pour arriver le plus vite possible au centre de Moscou et la remettre entre les mains du grand Lénine. Il n'était pas nécessaire qu'il attendît une réponse, et il avait le droit de rentrer sans se presser, pourvu qu'il se rappelât tout ce que ne manquerait pas, oralement et brièvement, de lui transmettre le Chef des bolcheviks. Ce qui compte, c'est ce que nous faisons nous, et non pas ce que les autres veulent nous faire savoir. Manuel Palafox se chargerait de pourvoir le volontaire d'aliments secs et du sauf-conduit nécessaire à la traversée des territoires amis du pays, de chaque pays. Pas besoin de carte. De la province Morelos du Mexique à Moscou, il n'y avait qu'un saut, le temps de fumer un cigare, tout au plus.

— Qu'il emporte plusieurs boîtes de cigares, dit le Général.

— Je ne fume pas, mon Général, dit le volontaire.

Le Chef des bolcheviks apprécierait le message du Général de l'Armée libératrice du Sud : le Mexique avait devancé la Russie, la révolution avait commencé dès 1911, elle allait bientôt entrer dans sa septième année consécutive et elle durerait autant que nécessaire, soixante-dix ans s'il le fallait, ou sept mille ans, le temps ne compte pas, même si les traîtres s'acharnent à la corrompre.

Le soldat avait appris de la bouche du Général que l'enveloppe ne devait pas se perdre, quoi qu'il arrivât, et que le porteur de l'enveloppe devait prendre garde à ne pas perdre la vie, parce que personne ne viendrait après lui, tel le coureur de relais, prendre le message pour l'acheminer vers son destinataire. Cela ne l'engageait pas bien entendu à la lâcheté, aux concessions et aux compromis. Un Messager se comporte et vit normalement, comme tout un chacun. Et le soldat comprit que la vie ne nous est donnée en définitive que pour transporter un message d'un point à un autre, avec un peu de chance jusqu'à Moscou. Il ne savait pas comment s'y prendre pour trouver Moscou et se rendre à sa porte. Mais il pensa que tous les chemins mènent à Rome. Il ne fallait pas qu'il se trompe et qu'il aille à Pétersbourg. C'est peut-être là que la révolution s'est d'abord imposée, mais comme toutes les révolutions, elle s'est hâtée d'aller à la rencontre des ancêtres et de leurs bénédictions. Elle acquiert ainsi sa pérennité, elle peut même exiger l'éternité. Pétersbourg était l'avant-goût, Moscou la ville éternelle.

Ni le Général ni le soldat ne savaient que lorsque la révolution avait démarré au Mexique, en 1911 exactement, à Alexandrie, en Egypte, un collaborateur du bureau des Irrigations *(Irrigation Office)* avait composé un poème intitulé *Ithaque*. En 1912, le poète, du nom de Constantin P. Cavafis, allait signer un contrat de travail avec le Bureau. En 1917, il allait avoir le titre de sous-directeur du département de la Correspondance. Il continuerait à polir ses poèmes, avec l'opiniâtreté d'un révolutionnaire et d'un conquérant du pouvoir, avec la fureur de Baruch Spinoza, qui polit des diamants, arpentant inlassablement les sommets des chaînes de montagnes philosophiques.

Parmi ces chaînes de montagnes il faut compter *Ithaque*, horizon de Poésie inattendu, d'une pureté sans précédent. Nul doute pourtant que la révolution n'intéressait pas le Poète, que la prise du pouvoir ne l'émouvait pas, sans quoi son poème commencerait sans doute ainsi :

Lorsque tu partiras pour la ville de Moscou…

La suite pourrait être effacée jusqu'au dernier vers, dont, presque de façon biblique, émanerait ce son :

Tu auras déjà compris ce que sont les villes de Moscou.

Et peut-être le poème ne serait-il rien d'autre que le distique suivant :

Lorsque tu partiras pour la ville de Moscou,
Tu auras déjà compris ce que sont les villes de Moscou[1].

Oracle quasi delphique, qu'aujourd'hui nous pouvons interpréter, comme si nous avions désormais sous les yeux les chaînes de montagnes barrant effectivement l'horizon.

Toujours est-il que le 6 octobre 1911, un employé de la Compagnie d'assurances contre les accidents du travail pour le royaume de Bohême à Prague, du nom de Franz Kafka, notait dans son *Journal* : “Aspect de la scène très simple, qui, aussi muette que nous, attend les acteurs. Comme elle devra suffire à tous les événements, avec ses trois murs, sa chaise et sa table, nous n'attendons rien d'elle : au contraire, nous attendons les acteurs de toutes nos forces et c'est pourquoi nous sommes irrésistiblement attirés par les chants qui, derrière les murs vides, préludent à la représentation.”

4

Le grand Lénine n'attendait aucun message écrit – ni de félicitations ni autre – du Général. Il est d'ailleurs douteux qu'il ait eu la moindre notion même vague de son existence ou qu'il ait suivi, ne serait-ce qu'épisodiquement, les événements du Mexique (on manque de témoignages probants du contraire). Non bien sûr qu'il ait consciemment minimisé la valeur de l'insurrection, mais cette affaire à l'autre bout du monde était l'héritage obligé de testaments inattaquables. Un président de la République despotique avait perdu le pouvoir, un autre individu sans grande importance ni grandes facultés intellectuelles (Francisco Madero), lui avait succédé pour être bientôt assassiné et faire place à un général, d'emblée combattu par les réguliers et les irréguliers de tous les points de l'horizon, lequel avait disparu permettant l'avènement du suivant (le "révolutionnaire" Venustiano Carranza !), qui faisait peu de cas de la Constitution qui pourtant avait été votée, tout cela tient en une phrase, dans un pays où si vous demandez quelle est la saison la moins pluvieuse, l'été ou l'hiver, on vous répondra : "Ça dépend, monsieur, il n'y a pas de règles constantes."

Nous ne sommes pas en Angleterre, où Karl Marx avait prévu des bouleversements, ni en Allemagne, où le grand Lénine voyait se jeter dans le Rhin – via le Dniepr, la Volga ou l'Ienisseï – la dictature du prolétariat. Au Mexique, surtout dans la province Morelos, les paysans, têtus, demandaient à récupérer la terre, les étendues sur lesquelles avaient empiété les grandes propriétés et qu'elles avaient usurpées : le refrain habituel ! Toutes proportions gardées, il s'agissait d'un soulèvement comparable à celui des métayers de la plaine de Thessalie, conduit par Marinos Antipas[2] : une simple agitation locale, une querelle, un conflit d'intérêts, la continuité de la tradition maintenue depuis l'époque de Rome et de la féodalité jusqu'à nos jours, qui ne prévoit pas de bouleversement radical, mais réclame simplement l'abolition d'une certaine illégitimité et prêche le retour à un état antérieur, au stade idyllique datant des temps immémoriaux où la terre appartenait à ceux qui la cultivaient. Cette vérité ne poussera personne à clamer : Je veux le pouvoir tout entier. Elle ne sera jamais qu'un élément de tractation, qui, défiguré à force d'usure, finira par tomber dans l'oubli. Elle sera restée dans l'Histoire.

La révolution des bolcheviks donnera tout de suite la terre au peuple russe et passera à autre chose. Parce qu'il ne s'agit pas de retourner à l'Histoire, mais de faire de l'Histoire. Voyons la différence : l'Histoire a été, pendant des millénaires, une série d'étapes, bouées laissées par ceux d'avant à l'intention de ceux d'après, bien que beaucoup aient prétendu que la tragédie des événements se transformait, sous l'effet de la répétition et de l'imitation, en une comédie de mauvais goût. Il y a toujours eu, dans ce flot, la surprise des actes inattendus, qui nourrissaient de nouveaux imitateurs. Karl Marx s'est aperçu de cette supercherie et a eu ce mot, que nous sommes invités à approfondir : "Nous fabriquons l'Histoire." Qu'est-ce que cela signifie, camarades ? Cela signifie que l'Histoire obéit à certaines lois, qui, lorsqu'elles sont mises en lumière, grâce à l'aide des sciences que sont l'économie, l'anthropologie, la statistique, la sociologie, c'est-à-dire des sciences de l'homme, prouvent l'existence d'une série objective d'événements.

Celui qui découvre et développe cette série, même s'il ne constitue qu'une maigre minorité, sera en mesure de fabriquer de l'Histoire, tout comme une machine fabrique des produits, suivant un processus donné, calculé et inexorable. Les événements auront donc une origine et une présence qui ne se prêteront pas à la contestation, ils seront nécessaires. Il n'y a qu'un pas à faire pour prétendre que celui qui prend part à une telle nécessité ne sera qu'un rouage du processus, un produit fabriqué lui aussi, dans le grand, infini et dirigé *prozess* de l'univers. Existe-t-il au monde quelque chose qui puisse arrêter pareil fervent ? Il sera certain de connaître la nécessité historique et d'être le seul, par conséquent, à avoir le droit d'exiger : "Le pouvoir tout entier aux soviets." Qui osera lui en demander une part ? Après tant d'années, ne nous hâtons pas encore de dire que l'invocation des soviets était une escroquerie. Chaque *prozess* se transforme, et celui qui le définit introduit et retire des rouages, parce que ce sont des moyens et non des buts. Voilà l'avenir ! Voilà la nouvelle page, immaculée, de l'humanité : nouveau voyage.

Pour Emiliano Zapata, il n'y a que les pages précédentes, celles où l'on se contente d'écrire entre les lignes, dans les rares espaces libres, barrant ce qu'ont écrit ceux d'avant, empruntant certains de leurs mots, bricolant le présent, de façon qu'il s'ajuste au fil rompu du passé. Jusqu'où peut-on remonter en faisant des raccords ? Jusqu'à Julio Lopez ? Jusqu au moine José Mariano Ruyloba ? Julio Lopez était un Indien de la région de Chalco du Mexique. Chef de ses congénères, il avait juré de combattre les riches et avait proclamé la révolte pour que la terre usurpée revienne à ses véritables propriétaires. Il fut fusillé en 1868, attendu qu'il s'agissait d'"un rebelle, d'un bandit et d'un socialiste enragé". Quant au moine José Mariano Ruyloba, qui avait le don de l'éloquence, il s'apprêtait à prononcer le panégyrique prévu pour l'accueil du Libérateur Simon Bolívar en 1825 à La Paz, aujourd'hui en Bolivie. Le destin voulut cependant que Ruyloba trépassa avant que Bolívar n'entendît son discours et beaucoup déplorèrent la perte d'une si belle occasion de faire un festin rhétorique. Personne ne sut jamais que le discours du moine était écrit en grec ancien, suivant les modèles de Démosthène, d'Isocrate, ainsi que des harangues de Thucydide.

Quels sont les arguments qui militent en faveur de ces exemples ? Ils disent que spectateurs et acteurs de la révolte étaient mus par le désir d'engager un juste combat et de persévérer dans cette voie. Le résultat était quelque chose de distant, quelque chose comme un rêve, une cause sacrée, fortifiée par les discours et les actes de héros et de précurseurs. Le rappel de cet héritage exhumé de la tombe était l'indispensable bonne presse. La révolution commençait par cette commémoration. C'est là qu'il fallait chercher les réponses. Parce que dans le passé, il y avait déjà les nôtres et les autres. Donc, une partie du passé nous contenait déjà, même si nous n'étions pas encore nés, même si lui ne nous connaissait pas.

Celui qui maîtrise le *prozess* frémit d'horreur devant une telle façon d'envisager les choses, parce que c'est le *prozess* qui le guide et qu'il est tout entier tourné vers l'avenir. Le passé dans son ensemble est donc bon à jeter, tout ce qui coule en son creuset doit disparaître, l'enchaînement des actes et des discours n'a rien à voir là-dedans, on ne peut décemment pas demander des comptes à qui que ce soit sous prétexte que la logique souffre d'absences et de troubles. Chaque fois, les questions trouveront la réponse qui a été incorporée au *prozess*, ou bien seront tout simplement inexistantes, hallucinations dues à de la mauvaise foi, à la falsification de l'objectivité, à l'aliénation, à la spéculation, au pharisaïsme. Les moyens auront ainsi d'emblée justifié le but. Le voyage aura une fin : il commence dans une éprouvette.

Quel rapport tout cela peut-il bien avoir avec quelques pauvres feuilles de papier sur lesquelles a été dactylographié l'accord conclu entre un Général et ses acolytes d'une part, et les gens de sa paroisse d'autre part, accord connu sous le nom de *Programme d'Ayala.*

"Programme Libérateur des fils de la province Morelos coalisés dans l'Armée Insurrectionnelle", etc.

> *Article 6 : en annexe du programme que nous invoquons, nous confirmons : la terre, les monts et les eaux usurpés par les grands propriétaires terriens, la majorité gouvernementale ou les caciques, sous le couvert d'une justice vénale, et qui constituent des biens immobiliers, seront rendus à la possession des villages ou des citoyens qui en détiennent les titres, lesquels correspondent à ces propriétés, dont ils ont été dépouillés à cause de la mauvaise foi de nos op- presseurs, qui conservaient par tous les moyens, les armes au poing, la possession mentionnée plus haut, et à cause des usurpateurs qui considèrent avoir des droits sur ces propriétés et qui seront appelés à le prouver par-devant les tribunaux spéciaux qui seront constitués dès que la révolution aura triomphé.*

Mais qu'est-ce que c'est que ça, camarade Zapata ! Un train tiré par une locomotive asthmatique. Une formulation déguisée en menace. On l'accompagne de la pression des armes pour arracher sa signature à l'adversaire. On s'imagine lui tordre le bras gauche, pour qu'il signe plus vite de la main droite. Mais ne vois-tu pas, camarade Zapata, que le seul qui s'engage, c'est toi, et que tu traînes ta promesse comme le bagnard son boulet ? N'as-tu pas pensé que tu perdais de la marge ? N'as-tu pas compris que toutes tes actions seraient désormais prévisibles ? Te voilà privé à l'avance du *prozess*, quel qu'il soit, qui te dirait que tout est possible, permis ou non, peu importe.

Voyons, camarade Zapata, ce que nous, bolcheviks, avons fait, poursuivrait le grand Lénine. Un jour exactement avant que tu ne rédiges ton message pour moi, c'est-à-dire la nuit du 26 au 27 octobre 1917, le IIe congrès panrusse des soviets a été invité à approuver le décret suivant, bien que nous ne soyons pas le gouvernement et que le Conseil des commissaires du peuple n'ait pas encore été élu :

> *A compter d'aujourd'hui, la grande propriété foncière est abolie pour toujours en Russie. Toute la terre comprise dans les limites du pays devient, dans son ensemble, propriété du peuple. La terre est attribuée à ceux qui la cultivent. Tous les citoyens de l'Etat ont le droit d'utiliser la terre, à condition qu'ils la cultivent exclusivement eux-mêmes avec leurs familles.*

De toute évidence, le décret sur la terre a déclenché un processus, qui constitue un engagement à perpétuité : il a attribué, sans aucune forme de procès, la propriété de la terre au peuple, et en a octroyé l'usage à quiconque la cultive. Personne ne peut revenir sur ce point. Sauf nous, les bolcheviks. Quand on me demandera de donner en trois mots la substance et les objectifs de la révolution, je répondrai, sans plus me préoccuper de la terre et du décret, quel qu'il soit, qui s'y rapporte : "Electrification plus soviets." Cela ne veut pas dire que je place l'économie dans et avant la politique. A la place du mot "électrification" (qui se rapporte à un *prozess*), je pourrais, pour généraliser, employer le terme même de *prozess*. Les soviets me seront nécessaires en tant que simples véhicules des différents processus. Pour dire les choses autrement, lorsque la gueule du chien sécrète de la salive au son de la cloche, que sa nourriture lui soit présentée ou non (l'expérience célèbre de Pavlov), les soviets seront le son de la cloche.

Je ne comprends pas, dit le Général.

La révolution se produit comme un bonbon, dit plus fort le grand Lénine. Aucun rapport avec la terre.

J'ai dit que je ne comprenais pas, insista le Général.

Essayons de conclure : le Général fait de la province où il agit le centre du monde. Il se peut qu'il soit allé jusqu'à la capitale du Mexique, mais il est revenu à son terroir, son objectif n'était pas cette ville qui lui était totalement étrangère. Ses hommes avaient l'air tout perdus, figurez-vous qu'en entendant les sirènes des camions de pompiers qui se hâtaient vers le lieu de l'incendie, ils ont cru qu'il s'agissait de batteries ennemies prêtes à les hacher menu. Ils ont eu le temps de riposter et de tuer douze pompiers. Le Chef des bolcheviks se dirige vers le centre du monde, droit sur les yeux de la pieuvre : sur Saint-Pétersbourg, Pétersbourg ou Petrograd, forteresse Petropavlovsk, attention que l'ennemi ne relève pas les ponts de la Neva, les Gardes rouges se sont emparés des points stratégiques, le cuirassé *Aurora* pointe ses canons vers le palais d'Hiver, et dans la nuit profonde du 25 au 26 octobre, Antonof Ovseyenko fait irruption dans la salle des Maréchaux et lance son harpon : "Au nom du Comité militaire révolutionnaire, je déclare que je vous arrête tous !" Il était deux heures passées. Il était deux heures dix du matin à toutes les horloges du monde, l'humanité dormait de son sommeil quotidien. Et il n'y a personne pour se rappeler les individus arrêtés par Antonof Ovseyenko, puisqu'il n'y avait pas de gouvernement. Mais il avait prononcé la phrase qui rend la révolution incontestable. Le rituel de la révolution ayant pieusement été respecté, l'avenir était à portée de main : un communiqué.

Une cage s'était mise en quête d'oiseau.

Le grand Lénine est assis à son bureau et feuillette des télégrammes, messages et notes de félicitations : ouvriers, paysans, soldats et étudiants – tout le présent et tout l'avenir – lui ont écrit. Des ouvriers qui fondent l'acier et qui le fondront désormais pour leur propre compte, des paysans qui labourent la terre et qui ne la sèmeront plus que pour leurs familles, des soldats qui s'enfoncent dans la boue des tranchées et qui vont épouser la paix, des étudiants qui se penchent sur leurs livres et qui élèveront le progrès. Prolétaires unis, et vous, les Damnés de la Terre, Allons enfants de la Patrie ! Le grand Lénine vous voit passer, il vous voit chanter, il sera à vos côtés pour les siècles des siècles, pour l'avenir, son cœur bat la chamade, sa tête s'embrase.

Sa mort, survenue le 21 janvier 1924, à sept heures moins vingt du soir, fut causée, d'après le rapport médical, par "une forte et féroce sclérose des vaisseaux du cerveau, due à une activité mentale trop puissante. La cause immédiate du décès fut l'hémorragie cérébrale. La mobilisation constante, incroyablement intense de toutes ses forces et le travail incessant avaient prématurément mis fin à la vie de Lénine." Et vous, ouvriers, paysans, soldats et étudiants, vous passerez devant son Mausolée, graves, fiers et déterminés, le sang comme de l'acier fondu, les mains grosses de serrer la houe, des poèmes naissant dans les yeux, et marchant vers le sarcophage, où la dépouille du grand Lénine aura la patience de vous attendre, ombilic de la Terre, nouvel Apollon musagète, nouveau Zeus néphélégérète, nom gravé sur le granit :

ЛЕНИН

Il n'y aurait pas de mausolée pour le Général Emiliano Zapata : c'était un homme noiraud de petite taille, qui pesait soixante-dix kilos (il est vrai qu'il avait une ossature massive), portait plus d'une bague et avait sur la tête un sombrero qui maintenait ses yeux dans l'ombre et les cachait. Il n'est jamais sorti pour haranguer les foules, ni même leur parler. Il n'écrivait pas. Vladimir Ilitch Oulianov lui aussi était petit, chauve avec une barbiche, replet, portant gilet boutonné et cravate, un assembleur de processus, de systèmes et de méthodes, un "intellectuel" – en un mot – qui avait fréquenté les cafés de Zurich, un spécialiste de la conspiration et du déguisement, qui montait dans un train pour échapper à ses limiers, mais aussi pour revenir en justicier, un simple civil, qui s'agrippait au pupitre lorsqu'il parlait et penchait d'un côté puis de l'autre, parfois coiffé d'une casquette ou, de temps à autre, ce qui était plus seyant, d'une toque de fourrure. Il imposait sa propre terminologie – saboteurs, gauchistes, bourgeois-réformistes, coalition cadetessé-romenchévique, etc. – parce que, comme il disait, "il est nécessaire que nous nous rappelions les paroles de Marx, et que nous y réfléchissions à fond : «La révolution doit être considérée comme un art.»"

J'ai dit : un art !

Serait-il possible qu'il ait envoyé à son tour une note à Emiliano Zapata ? Ne s'agirait-il pas de quelque chose comme cet art contenu dans la note adressée au commissaire populaire à l'Hygiène N. A. Semasko ?

"J'ai là devant moi le camarade Ivan Aphanasievitch Tchékounov, fort intéressant travailleur cultivateur, qui propage les bases du communisme à sa façon.

"Il a perdu ses lunettes, il a payé 15 roubles la *cochonnerie* qu'il a achetée. Ne peut-on pas l'aider à se procurer des lunettes correctes ?

"Je vous prie instamment de l'aider et de demander à votre secrétaire de me faire savoir *ce qu'il est advenu*."

Doit-on penser que le Général et le Chef auraient pu décider de se rencontrer sur quelque chaussée du monde, pour parler d'art ? Le porteur de l'invitation aurait été Léon Davidovitch Bronstein, plus connu sous le nom de Trotski, puisque plus tard, il choisit de se réfugier au Mexique. Au cours de l'entrevue, Emiliano Zapata aurait offert au camarade Lénine un verre d'aguardiente, comme il l'avait fait quand il s'était trouvé avec Francisco Villa. Et Lénine, comme le général Villa, aurait bu et se serait brûlé la gorge. Qui sait quel brûlot était cette potion-là ! Alors, Emiliano Zapata, calme et probablement satisfait, aurait demandé de l'eau pour le Chef et l'aurait regardé vider son verre avec une attention toute dévote. Mais que se serait-il passé si le Chef avait commandé le premier ? Que se serait-il passé s'il avait demandé qu'on apporte le samovar et qu'on serve le thé ? Il aurait regardé d'un œil amusé le Général lever sa tasse et avaler quelques gorgées. Il lui aurait demandé : “En voulez-vous encore un peu, camarade ?” Et Emiliano Zapata aurait continué à boire ce breuvage qui lui laissait comme une âpreté au palais. Il le boirait sans se plaindre sur la terre comme au ciel.

Le grand Lénine n'aurait pas recours à un tel succédané pour se mesurer avec le Général sur le terrain de l'art : il avait noirci des quantités de pages suffisantes pour écraser un géant, preuve que sans textes, discours ni pamphlets, on ne peut parler de révolution : cinquante-cinq tomes d'Œuvres Complètes et trente-six autres de notes, exégèses et écrits impromptus. C'est peut-être le manuel de procédures à suivre le plus long et le plus complet, que beaucoup ont utilisé au grand deuil de ceux qui en ont fait les frais, de l'Art surtout. Les petits papiers du Général, à savoir le *Programme d'Ayala*, n'étaient qu'un canari coloré. Aucune cage n'accepterait d'abriter un dessin d'une telle candeur.

5

Le Général Emiliano Zapata n'entendait rien à l'art, c'est-à-dire à ces malentendus réunis dans des ouvrages et des traités qui constituent des preuves d'immortalité, mais aussi l'inventaire de ce qu'on voit poindre à l'horizon. Il se contentait de savoir prendre des poses naturelles, ou quelquefois naturellement grandioses, comme la carabine au poing du bras droit levé, tendu comme pour donner le signal de l'assaut. La tête légèrement tournée vers la gauche, les cartouchières croisées sur la poitrine, taille bien prise, torse bombé et jambes écartées, les mollets serrés dans des guêtres étroites et le pantalon ajusté, de couleur sombre, qui amincit le corps, et même le visage, expressif. Oh, en vérité, il s'agit bien là de beauté et d'harmonie, composantes de l'Art, offertes à l'admiration de la postérité, pour que se creuse une distance entre cette figure et nous autres, êtres grossiers et somme toute sans grâce aucune. Comment imaginer un tel homme s'abandonnant aux ripailles nébuleuses et impulsives des artistes ? Tout au plus peut-il se livrer à la photographie, pour que laisse une empreinte l'évocation de ses actions, sans lesquelles le monde serait plus pauvre. Reste à savoir si un individu qui se plaît à poser devant l'objectif du photographe peut s'appeler "révolutionnaire". Il lui manquera toujours la terreur, dont aucune révolution à ce jour n'a su se passer.

Au contraire, le Chef des bolcheviks s'amuse et ne s'en cache pas. Sur les photos de lui "hors action", c'est-à-dire sur celles qui ont été prises dans des moments de détente (de ceux qu'à notre connaissance Emiliano Zapata n'a pas eus), on discerne toujours un soupçon de sourire, comme s'il était de rigueur d'avoir l'humeur badine. Rien de grimaçant ni de menaçant, comme lorsqu'il harangue les foules, où le visage se remodèle, se carre, se pétrifie. Et si la missive du grand Lénine au commissaire populaire à l'Hygiène N. A. Semasko n'est pas une preuve suffisante de badinage, nous disposons d'un autre témoignage, qui date de février 1916. Vladimir Ilitch Oulianov se trouvait alors à Zurich, pensionnaire chez le bottier Kammerer, rue Spiegelgasse, n° 14. Dans la cour de la maison se trouvait une fabrique de charcuterie et les odeurs étaient fortes, souvent insoutenables. Pourtant Vladimir Ilitch Oulianov n'avait pas l'intention de déménager. Pour la bonne raison que cette maison aurait pu être qualifiée d'"internationale" : les propriétaires occupaient deux pièces, dans la pièce d'à côté habitait la femme d'un soldat allemand avec ses deux enfants, dans la suivante un Italien, plus loin des acteurs autrichiens et encore plus loin deux Russes : Vladimir et Nadejda, c'est-à-dire le couple Oulianov. Et la détermination obstinée de Vladimir à ne pas quitter cette communauté se trouva confortée lorsqu'il entendit un soir Mme Kammerer enseigner aux autres femmes, assemblées dans la cuisine : "Les soldats doivent retourner leurs armes contre leur gouvernement !"

Les historiens estiment que les Oulianov, partis de Berne, arrivèrent à Zurich le 10 ou le 11 février 1916. Là se trouvait, lui aussi récemment arrivé, logé au numéro 1 de la rue Spiegelgasse, à l'endroit même du cabaret *Voltaire*, Tristan Tzara, Roumain d'origine qui avait élu la langue française pour composer pièces en vers et autres travaux littéraires. Il faisait partie d'une bande tapageuse de pacifistes, de socialistes, d'empaleurs de règles et d'idées, qui s'égosillaient dans le cabaret enfumé pour proclamer : “Nous détruisons les tiroirs du cerveau et de l’organisation sociale : démoraliser partout, jeter la main du ciel en Enfer, les yeux de l’Enfer au ciel, rétablir la roue féconde d’un cirque universel dans les puissances réelles et dans la fantaisie de chaque individu.” Ils croyaient, pauvres naïfs, détruire ainsi la société de la classe bourgeoise et proposer une autre façon de faire face à la cervelle confite dans la bêtise des bourgeois. Ils n’allaient pas tarder à parler de révolution et à assigner à la littérature le rôle de dynamiteur et de chambardeur, terrifiant avec leurs jeux les cervelles de moineaux qui croyaient dur comme fer que l’art, sous prétexte qu’il réussit toujours à violer la pensée, a aussi le pouvoir de violer la réalité dans la foulée. Ils étaient fiers de fabriquer de l’art au rythme de la fabrication de l’Histoire. Personne n’est venu tirer les oreilles de ces polichinelles, dans l’espoir de leur faire comprendre le mal qu’ils faisaient : après les abus et les débauches qui ont consumé les mots, la littérature a perdu jusqu’à la considération qui lui permettrait de couler des jours paisibles de vieille dame qu’à défaut d’autre chose, on respecte. Comment savoir si elle aurait pu éviter cette dégringolade : pas la moindre pulsation poétique.

Un soir de ce mois de février, que les historiens ont réussi à repérer, Tristan Tzara s’avança, probablement sans raison, vers la petite estrade du café et, sous la lumière de deux projecteurs, sous les yeux des habitués qui se bousculaient autour des tables et dans les couloirs, sous le bruit impitoyable de la grosse caisse sur laquelle tapaient ses amis, il se mit à danser, ondulant comme une danseuse orientale qui se meut autour de son nombril. A une distance de deux ou trois tables, un homme, qui n’a pas enlevé sa casquette, qui arbore moustache et barbiche, s’enthousiasme soudain, sous l’influence de l’alcool d’après certains, émerveillé selon d’autres par l’insolite de l’ombre de Tzara dansant, que les projecteurs aident à balayer le mur : il se met à battre des mains, essayant ses cordes vocales dans des “da ! da !” tonitruants qui éclaboussent les sons de la grosse caisse. L’auditoire se laisse bientôt entraîner et répète “da ! da !”, obligeant le danseur à poursuivre la démonstration d’un art qu’il ne possédait manifestement pas. Personne, à notre connaissance, ne se douta que l’inventeur du cri pouvait être un Russe qui ne faisait en réalité qu’approuver par des “oui ! oui !” ce qu’il voyait s’ourdir. Personne, à notre connaissance, ne fit entrer cet épisode dans l’hagiographie du grand Lénine. Et quand, en l’an 1918, Tristan Tzara fit circuler le fameux *Manifeste dada*, il ne fut pas question de cette soirée au cabaret *Voltaire* de Zurich. Ainsi le rédacteur, oublieux de l’inventeur du terme, n’hésita pas à s’approprier l’héritage d’autrui et à écrire : “Liberté : DADA, DADA, DADA, hurlement des couleurs crispées, entrelacement des contraires et de toutes les contradictions, des grotesques, des inconséquences : LA VIE.” Nombreux sans doute seront ceux qui se hâteront de ranger le grand Lénine parmi les dadaïstes, ils trouveront des arguments. Mais peu importe que ce texte littéraire épouse les bénédictions de Lénine. La question est de savoir ce qui a tant impressionné Vladimir Ilitch Oulianov au cabaret *Voltaire* et fait naître en lui un tel enthousiasme. Probablement la terreur qu’inspiraient les attitudes de Tzara, illustration de ses discours en gestation. Tzara avait fourni la cacophonie de la révolution. C’est peut-être ainsi que le grand Lénine définissait l’Art.

Revenons au Général et examinons une autre photographie de son entrevue avec Francisco Villa. On voit Villa, tendu, bouffi et volumineux, assis dans le fauteuil présidentiel, couronné par un aigle sculpté, tandis que le Général a choisi un autre fauteuil, à dossier plus bas, collé au fauteuil présidentiel. Il est ramassé sur son siège, une jambe sur l’autre, penché du côté de Francisco Villa, le sombrero sur le genou, de sorte que le corps a l'air d'être coupé en deux et que le buste émerge dans une chemise blanche boutonnée jusqu'au cou et un veston probablement grisâtre, la moustache généreuse et la prunelle ardente. L'avant-bras qui soutient le poids du corps repose sur l'accoudoir du fauteuil et les doigts pendent, bien distincts, longs, presque osseux – espèce d'ébauche –, noirâtres aux ongles très blancs. Cette immobilité des doigts, à côté du corps de Francisco Villa, à bout portant de ce corps qui semble avoir de la peine à rester dans les bras du fauteuil présidentiel, fait penser à une patte de félin qui a tué sa proie – l'aigle repu du foie de Prométhée – et l'a suspendue, en guise de colombe du Saint-Esprit, au-dessus de la tête d'un brigand qui s'était vautré sur le sein de la révolution. D'un brigand hilare, flanqué d'un triste sire (aucune photographie ne révèle ne serait-ce que l'ombre d'un sourire), au regard enveloppant, pur et limpide.

Des jeux, tout cela, me direz-vous. La différence réside dans le fait que le Général joue avec les autres – jeu d'équipe – tandis que le Chef des bolcheviks joue tout seul – jeu individuel – à une révolution dont personne ne l'a chargé et que lui veut "mondiale". Le Général gère le soulèvement, il prend l'attitude du dépositaire, il ne peut se permettre le moindre laisser-aller, il ne peut se permettre de choisir le cadre de ses mouvements. Le grand Lénine est le patron de son ouvroir d'art, qui porte l'écriteau "Ici on fabrique et on écrit des révolutions. Dans les règles de l'art." Les professionnels de la sorte prennent des poses dégoulinantes de jovialité, propres à rabattre de la clientèle. Ils poussent légèrement le papier sur lequel ils ont écrit, ils tapotent dessus du bout de leur crayon en jetant des coups d'œil autour d'eux, comme pour inviter quelqu'un à le leur arracher des mains, à le lire et à les admirer. Il n'est pas étonnant qu'après beaucoup de lecture et encore plus d'admiration chacun de leurs écrits ait fatalement pris le chemin de la poubelle de l'Histoire.

6

Chateaubriand quitta la France en 1806 pour un grand voyage en Orient. Il nous a laissé l'*Itinéraire de Paris à Jérusalem*, œuvre à laquelle le public réserva un accueil chaleureux et où l'auteur combine avec bonheur de purs produits de sa fantaisie, des remarques fausses et pénétrantes, des futilités et des exaltations, ce qui n'est pas ce qu'on attend de l'art. Mais de telles figures se distinguent par leur audace à verbaliser des pensées qui dans le meilleur des cas nous tourmentent, mais qui le plus souvent ne traversent pas notre esprit. Ainsi, vers le milieu du mois de septembre 1819, soit cent ans avant l'assassinat d'Emiliano Zapata, Chateaubriand écrit, dans le journal *Le Spectateur*, à propos de la Révolution française qui était née vingt ans plus tôt et s'était tristement éteinte avant d'atteindre la puberté : "La Révolution était achevée quand elle a éclaté. Il est faux de croire qu'elle a renversé la monarchie. Elle n'a fait qu'en éparpiller les ruines."

Si j'étais le porteur du message adressé au grand Lénine et que j'arrivasse ainsi près de lui, plein de respect, mais non sans perfidie, j'aurais l'audace de lui demander : "Pourriez-vous commenter la remarque de M. de Chateaubriand par rapport à la révolution des bolcheviks ?" Le camarade Lénine ne se démonte pas. Le sourire familier aux lèvres, il se déplace avec sa chaise vers la droite, puis vers la gauche de la table qui lui sert de bureau au Kremlin et sur laquelle se trouvent des étagères pivotantes, des "tourniquets" comme il les appelle. Sur l'un des tourniquets, il y a le dernier tome de l'œuvre de Chateaubriand intitulée *Mémoires d'outre-tombe*. Il se reporte aux dernières pages et lit : "Grâce à l'exorbitance de mes années, mon monument est achevé, etc. Des orages nouveaux se formeront, etc. Le monde ne saurait changer de face (et il doit changer de face) sans qu'il y ait douleur. Mais, encore un coup, ce ne seront point des révolutions à part ; ce sera la grande révolution allant à son terme. Les scènes de demain ne me regardent plus ; elles appellent d'autres peintres : à vous, messieurs."

Je comprends que le grand Lénine est d'accord avec M. de Chateaubriand : il y a les révolutions intermédiaires, celles qui dispersent des ruines, et il y a la révolution finale, celle qui doit changer la face du monde et qu'on qualifie de grande. Les précédentes l'auront préparée. Et après, que fait-on ? ai-je envie de demander. Après, on se repose, ai-je envie de répondre, on récolte les fruits des peines de toutes les générations passées. Devant moi le Général Emiliano Zapata, sur son cheval, la main gauche tenant les rênes, la main droite à plat sur la cuisse, presque à hauteur de la hanche, près de l'endroit où pend le pistolet de sa ceinture.

— Général, Général, crié-je, votre révolution était déjà finie quand elle a éclaté.

— Mais non, me répond en substance le Général, c'est plus simple que cela. Quand, pendant l'été 1911, j'ai eu une entrevue avec Francisco Madero, celui qui allait devenir président de la République, et qu'il a commencé à me parler de rejet de la violence au profit de méthodes pacifiques, je me suis levé, la carabine à la main, je me suis approché de lui et j'ai appuyé le canon sur la chaîne d'or de sa montre, qui était accrochée à son gilet. Voyons, monsieur Madero, lui ai-je dit. Si je tire parti du fait que je suis armé pour vous prendre votre montre et la garder, et que, avec l'aide patiente du temps, nous nous rencontrions par hasard, tous deux munis d'armes de force égale, n'aurez-vous pas le droit d'exiger de moi que je vous rende votre montre ? C'est exactement ce qui nous est arrivé : on nous a pris, par la force, la terre de nos villages. Mes soldats me demandent de vous dire, sauf votre respect, qu'ils veulent que leur terre leur soit rendue.

Donc, me dis-je, il y a une troisième sorte de révolution : celle des armes devenues égales avec le temps. Le genre qui vous autorise à dire à votre adversaire : Admettons que je sois à ta place et toi à la mienne, qu'est-ce que tu ferais d'autre ? Maintenant que j'ai autant de force que toi, et que je peux te poser la question, quelle autre réponse as-tu à me donner que celle que je te donne ?

Qui m'aidera à choisir entre ces trois genres ? Où est celui qui a réfléchi à la question, qu'il me prête sa logique pour m'aider à trouver la mienne ? La moustache du Général pique du nez comme des feuilles fanées, ses joues pendent comme des linges distendus, ses cheveux clairsemés sont gonflés vers l'arrière, son grain de beauté plus petit sur sa joue. On dirait Gustave Flaubert, le front haut, la calvitie apparente, des poches sous les yeux, comme le grand Lénine. Gustave Flaubert qui sans vergogne écrit : “Le grand rêve de la démocratie est d'élever le prolétaire au même niveau de bêtise que celui qu'a atteint le bourgeois.” Accusation, c'est ce que j'en conclus, contre la Révolution française. Et en 1871, dans le vacarme de la Commune de Paris, il va plus loin encore : “Les internationalistes sont les jésuites du futur.”

— Vous voulez dire, je suppose, lui dis-je, que pour arriver à leurs fins, les internationalistes justifieront les moyens qu'ils utiliseront. C'est bien naturel, s'il en est ainsi. Vous craignez que si les prolétaires atteignent le degré de bêtise du bourgeois et croient les internationalistes, nous ne nous réveillions dans un monde sans héros, sans matière capable d'alimenter les œuvres des écrivains. Nous serons privés des victimes de l'injustice, des physionomies, des figures, des visages héroïques, de ces menaces séculaires sur l'humus desquelles ont germé les rêves et les idées. Que deviendrons-nous alors privés de ces solutions ? Que deviendrons-nous alors, livrés à nous-mêmes et sans étriers ? Ce sont des voyages à dos de cheval de bois que nous réserve l'avenir.

J'aimerais avoir la patience de fouiller l'œuvre et la correspondance de Gustave Flaubert, d'examiner les témoignages sur sa personne. J'y trouverais peut-être sa terreur de voir les choses empirer, devenir ce qu'elles sont devenues : les moyens ont justifié les fins, les prolétaires ont dépassé toutes les bornes de la bêtise, les œuvres ne font que survivre de façon éphémère, tout le monde bombe le torse devant des ennemis insignifiants. Qui nous dira ce que cette horreur désespérante doit à la révolution ? Jour après jour, elle a mis des messagers sur les routes, des monteurs et des graisseurs de machines monstrueuses qui n'ont jamais rien produit de ce qu'elles promettaient, ne laissant que des tulipes de fumée qui se sont élevées vers le firmament, comme la fumée de Caïn après le meurtre d'Abel.

Ce ne sont pas les révolutionnaires qui ont confondu les révolutions et cru finales celles que nous qualifierions d'intermédiaires. C'est peut-être qu'il y a eu si peu de révolutions à armes égales et qu'ainsi, dès leur commencement, elles avaient la hantise de leur défaite. Comme je trouve ridicules les cris “Liberté, Egalité, Fraternité”, cérémonies commémoratives trop faciles ! Comme je trouve puériles les évocations chimériques du marteau et de la faucille et les dégradations de la couleur rouge.

Les armes égales ne restent pas égales à perpétuité, vous pensez bien, me rabroue le grand Lénine. Arrive le moment où il y en a qui prennent le dessus. Et ce sont toujours celles des autres qui prennent le dessus, pas les nôtres. Nous les bolcheviks, nous sommes les premiers et les derniers à avoir réussi l'exploit de faire prévaloir nos armes. La voilà donc, la révolution finale.

— Je vous ai compris, dis-je dans un bredouillement. Je ne sais pas si tous ceux qui vous ont suivi vous ont compris aussi.

7

Et le porteur du message ? Ah ! Il est à l'origine d'une foule de problèmes. Quel est donc l'homme qui est parti à cheval du sud du Mexique pour se rendre à Moscou ? Quel exemple analogue peut-on trouver dans les lettres mondiales pour prouver qu'il ne s'agit pas d'une fiction de bas étage, d'un original inimitable de plus qui à ce titre est en droit de figurer sur les tablettes de l'immortalité, selon la tactique invariable des historiens et des hommes de lettres ?

Beaucoup prétendent que l'assembleur de l'histoire – ledit écrivain – doit se garder d'intervenir, de définir les choses, de peser sur le lecteur. Mais l'écrivain a le droit d'avoir peur : pas de Lénine, ni de Zapata, ni d'autres personnages du genre, si malléables, si ambigus, si couramment portraiturés, mais des figures qui étaient l'Histoire et en font une matière qui peut être assemblée. Dans le cas qui nous intéresse, qui penserait à rapprocher Lénine et Zapata, si le Messager n'existait pas ? De tels personnages ne sont pas des produits de l'imagination, ni des marionnettes, ni des pantins mus par des ficelles. Ce sont des individus qui tendent sans cesse et sans relâche à démentir l'écrivain, ce sont, en un mot, des hommes vivants. Souvent inadaptés. Tout aussi souvent inconnus jusqu'à la fin. Leur biographie est indispensable, parce que c'est là la seule façon de les apprivoiser un peu, en leur donnant les dimensions d'un général ou d'un chef, d'individus de ce genre enfin. Jadis, ils avaient l'éclat de leurs exploits. Ensuite, ils ont eu la grandeur de leur caractère. Puis la profondeur insondable de leur âme. Ils ont fini par s'enliser dans le quotidien, prendre le nom d'antihéros et acquérir l'épaisseur des petites anecdotes de leur vie intime. Autrefois modèles et symboles, ils ne sont plus que des curiosités. Pourtant, parmi cette série d'exemples, on trouve toujours des détails à raconter pour chacun d'eux, comme si de tels détails pouvaient les hisser à nouveau jusqu'à l'Olympe des demi-dieux. On espère toujours puiser la stabilité dans ce qu'on trouve : on a passé des millénaires à renier le chaos.

Le Messager qui nous occupe dans le présent récit produit des exploits par son volontariat. Mais en l'absence d'un autre volontaire, qui nous permette de faire la comparaison (car l'exploit résulte d'une comparaison et d'une estimation), nous glissons jusqu'à la curiosité, dont le sérieux est préservé par la candeur de la question suivante : que s'est-il passé ensuite ?

Disons ce qui s'était passé avant : le Messager était un simple soldat des forces gouvernementales, qu'on ne distingue pas à la fenêtre du train qui traverse au trot des paysages d'avant les vendanges, et où les soldats entassés dans les wagons ne demandent même pas l'heure de leur arrivée dans les arrières. Quand le train s'arrête entre Tecamachalco et Teliuacán, en rase campagne, on leur fait savoir que c'est là qu'ils vont camper, parce qu'un peu plus loin, l'Armée libératrice du Sud a fait sauter la ligne, et que la marche vers le front continuera à pied et avec l'équipement au grand complet.

Le camp attendit de nouvelles consignes pendant une semaine, au bout de laquelle le général Munguía arriva. On lut l'ordre du jour où il était question d'attaquer de front les hordes de brigands, de bandits et de pillards sans Foi ni Loi qui, au nom de droits qui n'existaient pas, enfonçaient de plus en plus profondément leur baïonnette pleine de microbes dans les flancs de la patrie.

Allons-nous les laisser boire le sang de notre petite mère patrie ? demanda le général.

Non, répondirent à l'unisson les soldats, et leur clameur se perdit au-delà des montagnes.

C'est d'ailleurs dans cette direction qu'ils se mirent à marcher comme un seul corps et une seule âme, distinguant de plus en plus nettement les révolutionnaires qui les attendaient, debout comme des cibles dressées parmi les décombres d'un village. Et soudain, comme si les décombres eux-mêmes lançaient des éclairs, les projectiles de la maigre artillerie ennemie se mirent à s'écraser devant eux, à faible distance. Les corps tombaient pourtant, les tripes et les cervelles éclataient, se mêlant à la terre privée d'eau tout l'été et aux racines desséchées des épis moissonnés. Aucun des soldats ne parlait, et il y en avait qui progressaient en bombant le torse, brandissant leur baïonnette enfoncée dans le canon de leur arme, appuyant en même temps sur la détente, sentant le mauser ruer, les heurter, avant-goût de la balle dont l'impact les ferait bientôt reculer, avant que leur corps ne s'effondre et qu'ils ne mordent la poussière. Puis l'artillerie s'arrêta, la poussière se redéposa et tout le monde s'aperçut qu'il n'y avait plus que les décombres, les révolutionnaires avaient disparu. Seuls leurs chevaux en sortaient, ils couraient dans tous les sens, les flancs béants ou traînant leur cavalier mort qui était tombé, le pied encore pris dans l'étrier, les mains crispées sur les rênes. L'armée gouvernementale n'interrompit pas sa progression, elle obliqua vers la droite, laissant derrière elle les décombres et gravit un coteau couvert de vignes qui n'avaient pas été vendangées. C'est là qu'ils allaient bivouaquer.

Les soldats se mirent tout de suite à goûter les raisins. Ils les mangeaient avidement, tant pis pour la poussière, tant pis pour le soufre, il y en avait qui étaient âpres et d'autres tout ratatinés. Alors le futur Messager remarqua que sa tunique était déchirée, il eut tout le temps de le voir pendant qu'il mordait dans une grappe dont il sentait le jus le rafraîchir, l'envahir de sa suavité, chassant de sa bouche et de son corps un goût qui remontait du fond de lui, un relent de menace de mort. Comme tous les autres, il s'était couché parmi les ceps, le visage offert au soleil et écoutait passer les oiseaux qui s'arrêtaient pour becqueter les grains de raisin. C'était à peine le crépuscule et le vent tournait, le camp s'était étalé sur deux ou trois terrasses de plus en amont et deux ou trois autres encore en aval, parmi les muscats, les pinots, les pis de chèvre blancs et les chasselas dorés. C'était l'heure où le ciel rougeoyait et un nuage longiligne, qui portait des pantalons, naviguait sans hâte. Et dès que le nuage allongea les jambes, les premières rafales s'abattirent sur le sommet du coteau, sur les soldats en faction. D'un coup le campement fut sur pied pour affronter les révolutionnaires qui dévalaient la pente, entraînant cailloux et grains de raisin, détruisant les murets, saccageant les terrasses et piétinant les ceps, écartant de leur torse les feuilles de vigne, qui n'étaient plus bonnes ni à rouler ni à farcir. Le futur Messager avait levé les bras et, une grappe encore à la main, dans une attitude de statue, à peu de choses près, il attendait son sort. Il rendit son arme. Le lendemain, sans avoir changé d'uniforme, il était dans les rangs des révolutionnaires. Il n'avait pas déserté. Il était depuis longtemps fasciné par les bruits fabuleux qui couraient. Comme la jeune pucelle qui ne cesse de rêver à celui qui déchirera son hymen, il désirait connaître le Général Emiliano Zapata.

Voilà ce qui nous jette d'ordinaire dans les bras de la révolution et nous fait changer d'âge. Il faut donc appartenir à quelque chose avant d'être aspiré par la révolution. Les meilleurs apôtres sont ceux qui comme Saül ont d'abord été des persécuteurs.

Il se mit à pleuvoir et ce fut l'explosion des odeurs de la terre.

Putain de pays, dit un prisonnier, il pleut toujours ici à cette saison, je me le rappelle du temps où mon père m'y emmenait couper de la canne à sucre pour un morceau de pain.

8

Le salut de l'âme est une grande chose, celui du corps aussi. Le 10 avril 1919, aux premières heures du matin, le Général Emiliano Zapata était arrivé à Chinameca, le domaine dont il avait pris possession au début du soulèvement : il y avait sept années et des poussières de cela. Il croyait retourner sur un lieu de victoire. La terre était familière : humide et meuble, ensemencée, du vert à perte de vue, rythmé par des ruisseaux et des fossés, taché de compagnies d'oiseaux, dont le vol annonçait d'autres jours beaux et chauds. Au fond, l'enceinte des bâtiments du domaine. Les hommes de Jesús Guajardo prenaient le soleil adossés au mur de l'enceinte, à l'intérieur et à l'extérieur. Ils n'avaient pas d'armes.

Aucun signe de danger. Les trente hommes de la garde du Général trottaient à ses côtés, comme des abeilles laborieuses. Aucun d'eux n'était avec lui l'été de l'année 1911, lorsque, se trouvant sur le domaine, il entendit des salves à la porte du mur d'enceinte. Il avait compris qu'on tirait sur ses rares soldats. C'étaient des fusils différents. Il comprit qu'il y avait aussi des voix inconnues. Il fit un mouvement, comme le coureur s'élançant au coup de feu qui signale le départ de la course, mais il se retint, comme la vague devant le rocher : ces salves et ces voix venaient droit sur lui avec la vitesse du coureur et de la vague que n'arrête aucun obstacle. Il oublia donc son cheval, descendit calmement au sous-sol, traversa des couloirs, ses bottes grinçaient, poussa des portes et escalada des fenêtres, pour se retrouver dans les champs, la terre était épaisse et formait des mottes, la poussière se soulevait derrière lui en un nuage qui le dissimulait et le trahissait. Il n'avait pas plu depuis longtemps. Un an peut-être.

Aujourd'hui, 10 avril 1919, il se souvenait de cette aventure comme d'une maladie infantile dangereuse, qui ne lui avait pas laissé de séquelles : dans quatre mois il aurait quarante ans. Il était né le 8 août 1879.

Belle journée que ce jeudi. Quel jour était-ce donc quand il avait sauté du mur d'enceinte du domaine pour s'éloigner de ces fusils différents et de ces voix inconnues ? Il avait regardé derrière lui, avait vu la poussière que ses pieds soulevaient, s'était enfoncé dans un petit bois, tiens, celui qu'on voit, là-bas. Il lui faudrait marcher jour et nuit pour sortir des limites du domaine, plein sud. Trois jours plus tard, ses hommes avaient fini par le récupérer, il était en train de traverser un village, à cent vingt kilomètres de Chinameca, monté sur un âne. Où l'avait-il trouvé ? Comme il allait à pied, il l'avait entendu braire, il avait déjà fait un jour de marche. Deux jours lui avaient suffi pour se reposer sur le dos de l'animal, malgré ses jambes qui pendaient et malgré l'absence de selle. Qui pouvait bien en être le propriétaire ? Il ne pourrait jamais oublier la disparition de sa bête de somme, de son capital. Mais peut-être n'était-il plus en vie et ne risquait-il plus de se rappeler quoi que ce soit. Depuis quelque temps, la grippe espagnole faisait des ravages. Et un quotidien de la capitale du Mexique avait récemment écrit : "L'épidémie poursuit son rôle pacificateur dans la province Morelos."

Et si la grippe espagnole avait frappé le Messager ? Cela faisait maintenant dix-huit mois qu'il avait quitté le Mexique. Il y avait peu de chances qu'il ait abouti dans une autre ville. En admettant qu'il ait commis une telle erreur, il se serait trouvé des gens pour lui rappeler qu'à la fin du mois de février 1918, sur la proposition du grand Lénine, le Conseil des commissaires du peuple avait décidé de transférer le gouvernement de Pétersbourg à Moscou. Le transport se fit par le train qui laissa derrière lui les ponts de la Neva pour arriver aux ponts de la Moskova.

Le grand Lénine connaissait l'importance du chemin de fer pour le salut du corps, mais, à ma connaissance, il n'y eut aucun historien et chercheur suffisamment soupçonneux pour faire ses délices de la question. Il a fallu attendre le cinématographe (une production de 1926) et le film *Le Mécano de la "General" (The General)*, où la locomotive à vapeur sauve avec bonheur et exalte son mécanicien, qui n'est autre que le pince-sans-rire Buster Keaton. Jusqu'à ce jour, il n'y a rien de nouveau, malgré les immenses progrès des sciences et les bonds opérés par l'imagination des spécialistes.

Il est seulement question de la locomotive à vapeur qui a pris le grand Lénine comme chauffeur le 9 août 1917, le lendemain de l'anniversaire du Général Emiliano Zapata, et l'a emmené de la gare d'Oudelnaya au village de Terioki en Finlande. La police le recherchait à Pétersbourg, des centaines de bourgeois philistins avaient spontanément offert de se charger de mettre la main dessus, les cinquante officiers d'un "bataillon de choc" avaient juré de l'arrêter ou de mourir. Muni de papiers d'identité et d'un passeport au nom d'Ivan Constantine Petrovitch, ouvrier de Sestroretsk, il jetait avec zèle du bois dans les chaudières de la locomotive : il était le chauffeur du mécanicien Jukka Jalava, qui, arrivé à la frontière, détacha la locomotive, alla faire le plein d'eau et attendit le troisième coup de sonnette pour se hâter de la rattacher aux wagons et passer à toute vapeur de l'autre côté, laissant sur le quai de la gare de Beloostrof contrôleurs et mouchards qui avaient achevé leur inspection consciencieuse des passeports des passagers, en proie aux soupçons, mais bel et bien trahis.

Il est plus souvent question du train qui a transporté le grand Lénine depuis l'Allemagne jusqu'à sa patrie, et tous les autres trajets qu'il a faits en train ont été répertoriés, dates et heures comprises, de sorte qu'on peut admirer à loisir la densité du réseau ferroviaire et son haut degré de commodité pour le public, peu importe que figurent parmi les passagers des éléments subversifs. Le chemin de fer apparaît donc comme le moyen de transport républicain par excellence. Il serait par conséquent tout naturel que le grand Lénine (qui avait le tutoiement en horreur) demande au Messager :

— Comment êtes-vous arrivé jusqu'ici, camarade ? Par le train de 9 heures 48 ?

— A cheval ! lui répondrait à sa grande déception le Messager.

C'est le genre de choses qui peuvent faire échouer une mission. Heureusement que le Messager n'était pas encore arrivé à Moscou à ce moment-là. Il n'y est pas non plus pour se hâter de souhaiter un prompt rétablissement au Chef de la révolution, après l'attentat dont il a été victime, le 30 août 1918, devant l'usine Michelson : son discours aux ouvriers achevé, il s'approchait de sa voiture quand la terroriste du parti socialiste-révolutionnaire (S.-R.) F. Kaplan tira sur lui à plusieurs reprises avec des balles entaillées et empoisonnées, lui occasionnant de sérieuses blessures. Il aurait pu s'inspirer de la lettre adressée par les ouvriers de l'usine d'armes de Toula, qui s'achevait ainsi : "Camarade Lénine, les ouvriers prient et exigent que tu vives." Il aurait pu imiter le ton des représentants de l'Assemblée des communautés ouvrières et des Comités des pauvres cultivateurs du gouvernement de Perm' : "Nous te relèverons de ton lit, grand combattant et chef des pauvres. Les pauvres du monde entier partagent la même volonté de fer de compter à nouveau leur Vladimir Ilitch dans leurs rangs." En fin de compte, il aurait pu improviser, à condition de rester grave et modéré, il connaissait le style de son Général : “Nos convictions et nos décisions constantes confirment que ce sont les canailles et la racaille qui traquent la révolution”, etc.

— Il y a eu un attentat contre Lénine, annonça Manuel Palafox.

— Bon, grommela le Général.

Il était d'humeur plus maussade ces derniers temps, il avait des réactions violentes, au point que même les hommes de sa garde tremblaient quand il les convoquait. Non, se dit Emiliano Zapata, on ne peut tout de même pas envoyer des messages à tout bout de champ. Il n'y en a qu'un qui doive arriver. Et, tout compte fait, on n'est pas privé de la vie avant d'avoir épuisé toutes les marges d'erreur. On est emporté par la mort quand il apparaît, sans équivoque possible, qu'on a été battu à plate couture et qu'il ne reste plus d'erreurs à consommer. Ainsi, on ne lui résiste pas. Tous ceux qui sont morts en criant et en se débattant figurent sur la liste des erreurs de la mort. Liste d'exceptions qui est là pour confirmer la règle. Et il est tout à l'honneur de la mort qu'elle ait consenti à l'existence et à la mise à jour régulière d'une telle liste d'erreurs.

Voilà certainement ce que pensait le Général Emiliano Zapata en ce matin du 10 avril 1919, alors qu'il approchait du domaine de Chinameca et c'est pourquoi il était sûr que ce jeudi serait comme tous les autres jours, un jour sombre, un jour qui passe, comme le jeudi de la Semaine sainte, sauf qu'il n'avait pas l'intention de passer à table, encore moins de participer à une Cène où l'on partage le corps et le sang, éternelles communions. Son erreur fut de n'avoir pas fait le rapport entre le nom de Guajardo et de Jesús et de ne pas s'être douté qu'un homme qui porte le nom de Jesús peut très bien être un Judas, c'est-à-dire appartenir à la canaille et à la racaille qui traque la révolution. Le domaine de Chinameca est proche d'une gare, et c'est dans des gares de ce genre, relativement isolées, qu'avaient eu lieu les précédentes entrevues avec Jesús Guajardo. Si le Général Emiliano Zapata avait saisi la portée des chemins de fer, il n'aurait pas accepté de telles entrevues, où il se contentait de voir le train arriver, mais serait monté à bord. Son sort en aurait été transformé.

Quelle erreur de ne jamais avoir prêté attention aux rumeurs concernant Francisco Villa au siège de Chihuahua, commencé en septembre 1913. Les troupes des rebelles avaient mené une attaque de front, au bout de deux mois, contre les forces gouvernementales qui défendaient la ville. Ils furent contraints, d'après les communiqués, de battre en retraite, dans le désordre et la confusion, et les dames purent mander leur personnel de service au marché, qui s'était remis à fonctionner pour satisfaire aux besoins de la population. Du haut des maisons, tout le monde pouvait voir l'armée de Villa se replier vers le sud : les écoles de danse, les cafés et les tripots, sans oublier les maisons de tolérance, rouvrirent leurs portes et pendant deux jours souffrirent de la promiscuité, la population ayant soif de leurs services. Les sentinelles étaient relevées régulièrement, après avoir noté : "Rien à signaler." Le soir du troisième jour, le 14 novembre, veille du premier jour de l'Avent, à deux heures du matin, le train qui devait amener les renforts de la garde pénétra dans la ville. Tout le monde parlait de deux mille hommes au moral de fer. On avait pensé organiser un accueil et échanger allocutions et toasts, mais les plus raisonnables avaient eu gain de cause : le peuple avait été privé de sommeil et de distraction pendant le siège. C'est ainsi que quand le train s'arrêta le long du quai, les hommes de Villa qui s'en étaient saisis ne trouvèrent que les sentinelles, qui résistèrent un peu, distinguant avec peine les satans que vomissait le train, sales, les ongles crochus et l'allure féline, exactement comme ils sont décrits dans les manuels d'exorcisme qu'on vend dans les foires.

Le Général ne trouvait pas d'enseignement dans les opérations des autres et ne croyait pas aux stratagèmes : il faisait ce qu'il disait. Tout le monde admirait ce courage qu'il avait : toujours à cheval, comme une statue équestre. Il ne suivrait pas les traces de Francisco Villa, qui se déplaçait avec ses hommes en train, pareil à Buster Keaton, sauf qu'il était plus enclin au rire et au pelotage. Jesús Guajardo avait compris que le manque de souplesse était le talon d'Achille du Général.

Tous ceux qui ont entendu parler de cette expédition du Mexique à Moscou n'en font aucun cas. Est-il possible, demandent-ils, qu'un cheval aille d'un bout du monde à l'autre ?

— Les nôtres l'ont fait, sourit le capitaine Coignet.

— Le mien aussi, dit le Messager.

— Et quels temps avez-vous eus ? demanda avec intérêt le capitaine Coignet.

— Des temps de saison.

— Oui, mais le froid ?

— J'avais ma capote, avoua le Messager.

— Vous aviez une capote ! s'étonna le capitaine Coignet.

— Le Général prend soin de nous, dit le Messager non sans fierté.

— Si vous arrivez à Moscou, rappelez-vous que le froid aura raison de votre capote. Le triomphe de votre arrivée succombera, victime du froid.

Il hochait la tête avec cette obstination de vieillard qui ressemble à un rayon oublié en quelque endroit.

— Le froid et le feu, compléta le capitaine Coignet.

Le Messager se rappela les boîtes de cigares que Manuel Palafox avait ajoutées à son bagage.

— Vous fumez ? demanda-t-il au capitaine Coignet en ouvrant la première boîte.

9

Il arrive souvent des choses si grandes et si inattendues qu'il faut les écrire pour être certain de les avoir vécues. Il apparaît alors que, contrairement au caractère obscur et incertain d'un monde tributaire des croyances, ces choses présentent un caractère purement naturel que, dans une large mesure, on peut reconnaître. Il est alors trop tard pour la rémission des péchés et le salut de l'âme. Il ne reste que l'enveloppe charnelle, la main qui trace l'alphabet, la suspension d'ambroisie claire et de regret, qui, correctement dosée, donne le trouble et le précipité. Quel frisson de terreur.

Quand, dans les derniers jours d'avril 1812, la Grande Armée reçut l'ordre de se tenir prête au départ, les officiers procédèrent à l'inspection de chaussures et du linge : trois paires de souliers, trois chemises et trois caleçons, le grand uniforme dans le sac et le tout fin prêt : l'Empereur pouvait paraître d'un instant à l'autre.

La Garde, qui quitta Paris dans la nuit du 1er mai pour Meaux-en-Brie, arriva à Dresde, fit une halte à Dantzig, à Wilkowiski on lui lut l'ordre du jour : on avait déclaré la guerre à la Russie. Le 28 juin, d'énormes formations de grenadiers, de hussards, de soldats lourdement armés, une artillerie rutilante et une intendance abondante s'approchaient de Vilnius. Vers trois heures de l'après-midi, le lendemain, il se mit à neiger.

Le capitaine Coignet sentait des cascades de glace lui ramollir les épaules. La terre desséchée ne fut brusquement plus que marécages, elle prit la couleur de la nuit qui, en plein jour, s'était installée au-dessus de sa tête : il ne voyait pas plus loin. Jusqu'à l'aube, plus de dix mille chevaux étaient morts de froid et on retrouva beaucoup de soldats pétrifiés, raides comme des bornes kilométriques sur le bord de la route. L'Empereur ne prit pas garde à ce présage, et il ne se trouva personne pour attirer son attention sur le fait que le froid de l'été pénétrerait plus avant, suivant tout naturellement les colonnes russes, qui abandonnèrent Vilnius aux Français et se volatilisèrent. Personne n'y vit rien de suspect : le soleil était revenu et il n'y avait pas un nuage dans le ciel !

Le 16 juillet, la Garde se mit en route pour Gloubokoié, passa Vitebsk, Rasasna, le Dniepr (ou Borysthène), pour arriver à Smolensk.

La Grande Armée pénétra dans la ville le 17 août, mais tarda à en atteindre le centre : tout était en flammes. Et les Russes, repliés sur les hauteurs, continuaient à bombarder, pareils à de méchants semeurs qui jettent derrière eux les riches graines de la destruction. Le capitaine Coignet remarqua que Smolensk brûlait par la plus belle nuit d'août. Mais il se garda de le dire à l'Empereur et la marche se poursuivit sans autres considérations. De toute façon Smolensk, même en cendres, est à quatre-vingt-treize lieues de Moscou. Etre si près du but et ne pas pouvoir y courir : il fallut le détour d'une bataille à Valoutina Gora, une course aux Russes au-delà de la rivière Oszma – ils avaient incendié Viazma –, une expédition punitive sur la Moskova, une autre à Mojaïsk, une poussée jusqu'au village de Tartaki, on était presque à la mi-septembre. Alors l'Empereur convoqua le capitaine Coignet et lui dit :

— Prends vingt hommes et, en arrivant au Kremlin, tu visiteras tous les souterrains et caveaux et tu posteras des gardes à toutes les issues.

Le capitaine Coignet se rappelle être entré à Moscou par le pont où un général russe remit les clefs de la ville au prince Murat, qui représentait Napoléon, il se rappelle s'être hâté vers le Kremlin, où on lui offrit du thé – ou plus exactement du thé au rhum –, avoir fait le tour des tombes des tsars et avoir vu les incendies qui s'étaient déclarés en deux endroits différents, dans tous les quartiers, toutes les maisons, dix mille personnes avec des mèches à la main, dont sept cents furent arrêtées, il y avait un vent qui soufflait de plus en plus fort, emportait les débris – planches et tôles – qui volaient à deux lieues.

L'Empereur quitta le Kremlin, s'établit pour quatre jours au château de Petrovskoïé, attendant la fin de l'embrasement pour revenir, huit cents pompes le combattaient, il fallut des seaux et des seaux. Et on n'imagine pas ce que signifie de voir brûler, à part les maisons et les magasins, plus de cent mille fiacres et traîneaux, leurs armatures de fer gisaient là comme des ossements décharnés.

Cela non plus ne retint pas l'attention de l'Empereur : il fallait repousser les Russes. On les chassa de Winkowo et on les refoula au-delà de la rivière Tchernichna. Là, près du village de Tétérinka, le capitaine Coignet vit la cavalerie revenir à pied, les hommes en caleçon, beaucoup d'entre eux avaient perdu leur tunique : l'ennemi les avait surpris au pansement de leurs chevaux, le prince Murat s'était sauvé en courant, sautant du lit, une simple chemise sur le dos, les testicules à l'air.

Les Français prirent leur revanche à la bataille de Malojaroslavets, c'était le 26 octobre. Cent cinq ans plus tard, dès que la même date exactement montra le bout de son nez, le camarade Antonof Ovseyenko pénétra – redisons-le – dans la salle des Maréchaux du palais d'Hiver de Pétersbourg. Cent cinq ans avant cette irruption, à la même date, Napoléon, sur le bord de la rivière Luja, regardait les Russes qui étaient passés de l'autre côté et qui escaladaient la montagne. S'il les poursuivait, ils l'entraîneraient jusqu'en Sibérie. Il était presque midi. L'Empereur considéra le ciel et ordonna :

— C'est fini, retournons en France !

La retraite commença sur l'heure. Le temps que la Grande Armée arrive à la ville brûlée de Viazma et prenne la route de Semlowo et de Mikalewska, l'Empereur avait pris l'habitude de descendre de sa voiture et de marcher avec sa garde, tenant un bâton ferré dans la main. C'était le 6 novembre 1812. Avec le nouveau calendrier, celui qui est en vigueur aujourd'hui, nous nous trouvons à la veille de l'anniversaire de la révolution des bolcheviks. L'hiver était dans toute sa gloire : la Sibérie partout.

Le capitaine Coignet note que la température était à ce moment-là de 17 degrés au-dessous de zéro. Et il avoue que, lorsqu'elle tomba à 28, il ne survécut que grâce au samovar qu'il s'était procuré : il allumait un feu, brisait la glace, la faisait fondre dans son samovar – une eau immonde ! –, y jetait du thé et buvait son breuvage dans la jolie coupe de porcelaine que lui avait offerte la vieille princesse Toumanova (et non pas Galitzina, comme il le dit à tort). Moscou, dans son souvenir, c'était des rues pavées en petits pavés carrés et des rues plantées de cailloux. Et considérant que cette description suffisait à donner toute la dimension de l'inattendu et de l'insolite, il la fit figurer dans ses *Cahiers*, sans trop savoir quelle signification y attacherait la postérité. Aujourd'hui nous sommes en mesure d'affirmer qu'il est possible d'arriver à Moscou (au prix de beaucoup de peine et de tourments, certes), mais qu'il n'est pas possible d'y rester longtemps. Exception, le grand Lénine.

Il sera obligé de fuir, s'esclaffa le capitaine Coignet, puis il éteignit son cigare, se contentant de quelques bouffées.

10

Le rôle de Messager, qu'on le confie ou qu'on l'assume, est une combinaison de choses et de détails formant un équilibre si délicat qu'on ne peut rien en retirer ni rien y ajouter. Sans quoi l'édifice s'écroule. Dans le meilleur des cas, il prendra un autre aspect, mieux adapté peut-être à un contenu nouveau. Ce qui compte n'est donc pas d'arriver à destination, mais de conserver inaltéré ce que le départ a fixé. Sans émotion pourtant ni tressaillements.

Le Messager transportait, en plus du strict nécessaire, ces boîtes de cigares qu'il n'osait pas éliminer de son bagage, alors qu'il ne fumait pas et n'avait pas l'intention de s'adonner à cette habitude. Plus le voyage avance, plus il faut s'alléger, ne garder que la substance. Il pensa un moment les offrir au grand Lénine, quand grâce à Dieu il lui remettrait le message de son Général. Même un homme qui refuse de s'exposer aux conséquences néfastes du tabac ne manquerait pas d'être intrigué et de conserver des cigares de La Havane appelés *Romeo y Julieta*.

Le capitaine Coignet s'esclaffa à nouveau.

Je ne savais pas que ce Lénine fumait, dit-il.

Il fume quand il en a envie, affirma le muletier qui prétendait voyager régulièrement entre Oulan-Bator, Samarkand, Ispahan, Trébizonde, Sainte-Marie-des-Prés, Fricassées-les-Belles et Moscou. Aller et retour.

Pour corroborer son dire, il se précipita vers la remise de l'auberge, où les colporteurs laissaient leurs marchandises à la bonne garde de commis ou de personnes de confiance, et revint chargé de kochovorotkas, de babouchkas et de bouteilles de vodka, preuves qu'il se trouvait régulièrement à l'ombre du campanile du monastère de Zagorsk, et d'ailleurs à Moscou, il connaissait comme sa poche la perspective Nevski, l'Arbat, la statue équestre de Pouchkine.

— Je peux les lui porter, moi, ces cigares, proposa-t-il, ils vont sécher et se gâter d'ici à ce que tu arrives.

Le Messager sourit. Plus le voyage avance, plus on devient réservé, méfiant, songeur. Peu de temps auparavant, une briska s'était arrêtée dans la cour et M. Pavel Ivanovitch Tchitchikov en était descendu, ni beau ni laid, ni gras ni maigre, ni jeune ni vieux, et on avait entendu deux commis admirer sa calèche et se livrer à des commentaires :

— Dis donc, en cas de besoin, irait-elle à Moscou ?

— Que oui ! Pour sûr.

Elle faisait envie au Messager, cette briska, là : plus le voyage avance, plus on songe à un certain confort. Parce que, contrairement à Ulysse, le Messager ne rentre pas à son foyer, mais il désire arriver, dans l'espoir d'avoir peut-être un jour l'occasion de revoir la fumée de son logis et de faire le récit de ses aventures. Un voyage qu'on ne peut raconter est si fade. Plus le Messager se tenait dans des auberges et à des carrefours, sur des frontières et sous la voûte céleste, plus sa route semblait traverser un Sahara sans fin et plus sa mission lui pesait comme le fardeau du péché originel : le grand Lénine se moquait pas mal de M. Emiliano Zapata et se fichait complètement que son message lui parvienne ou non. S'il l'avait attendu, s'il avait été impatient de le recevoir, il aurait envoyé quelqu'un à sa rencontre pour le demander. Le Messager avait eu le sentiment, en se balançant sur sa monture, en allant par terres et par mers, que le Général n'avait jamais existé, et que la marche vers Moscou était une fantaisie de son caractère, un pur produit de son esprit, un égarement, une malédiction dont il avait, pour sa décharge, rejeté la responsabilité sur une personne fantôme, sur ce chef fantôme, qui lui avait soi-disant intimé cet ordre, ou plutôt imposé ce châtiment. Où chercher du réconfort ? Ce n'était pas un acte moral, ni même une partie infime du processus de production dont l'aboutissement et le comble sont un produit de consommation.

Qu'est-ce qui l'empêchait de jeter l'enveloppe fermée dans un des nombreux égouts qui se ramifient sous les fondations des bâtiments des villes qu'il traversait ? Il arrive un moment dans la vie où, l'enthousiasme mis à part, nous sommes en proie à la conviction fanatique que, si nous n'allons pas au bout de ce que nous avons entrepris, ce sera la fin du monde. Aucun serment ne nous lie pourtant. C'est que nous avons fait le premier pas et que nous ne pouvons pas reprendre tous ceux qui doivent lui succéder.

— Je n'ai aucune envie de rencontrer ce Lénine, grommela le capitaine Coignet et il repoussa les boîtes de cigares vers le Messager, comme s'il désirait le voir les remettre dans son bagage.

Entre nous, je n'ai guère envie non plus d'avoir en aucune façon affaire à Lénine. Ce besoin obsessionnel de ranger le bien et le mal dans des compartiments étanches, de se consacrer à la lutte monotone contre le mal, de démasquer sans relâche ces innombrables traîtres qui ne sont bons qu'à être conspués et montrés du doigt, de jongler avec la dialectique, de faire obligatoirement preuve d'un caractère incorruptible et d'une stature de géant, la clarté limpide des sons, tout cela m'inspire tant de réserves. M. Lénine n'a-t-il jamais pensé qu'on pouvait le démentir ? Et si, parce qu'il y a pensé précisément, il a pris toutes les mesures nécessaires pour tenir à distance une telle éventualité, n'a-t-il pas craint que la fin de l'Histoire arrive un peu plus tard et tue la révolution dans l'œuf ? N'a-t-il pas craint, si cela n'arrivait pas, d'avoir pour adversaire l'expérience vécue, qui, lentement et péniblement, conduirait au rejet de l'édifice, et qui, si elle ne pouvait imposer ce rejet, entretiendrait la haine qu'on aurait à son endroit, comme on hait un succès ? N'a-t-il pas craint que son édifice ait la qualité de l'enfantillage, pour donner un nom à ce mélange de puberté inachevée et de barbarie, qui est condamné à bouleverser le monde entier, avant de glisser dans le gouffre de la malédiction ? Le malheureux ! Quel mal lui ont fait ceux qui l'ont privé d'une tombe pour lui offrir un Mausolée. Qu'il retourne au tombeau et sombre dans l'oubli !

Tout écrivain – assembleur de l'Histoire, nous l'avons dit – prend parti et je ne me rappelle pas une œuvre ni une création qui ne soit en faveur de ceci ou de cela, souvent d'ailleurs sans raison. Je ne rougis donc pas d'avouer qu'Emiliano Zapata a ma préférence. Non que j'eusse aimé avoir affaire à lui : son caractère introverti et farouche me gêne, comme l'ardeur débraillée de ses aspirations, son obstination d'enfant, son esprit paysan, ses inhibitions et ses reculs, son côté provincial, et même son sombrero. Je sens bien que tous ces traits se donnent beaucoup de mal pour former une cuirasse. On a examiné la cuirasse, on en a repéré les points faibles et on a réussi à anéantir le Général. Emiliano Zapata s'est efforcé de faire vivre la révolution tant qu'il était vivant. Mon parti pris pour sa personne s'appuie sur son assassinat, sur la vulnérabilité de sa chair, qui l'a fait passer de la vie à la transparence de l'épopée. Je suis certain que s'il avait vécu aussi longtemps que le Chef des bolcheviks, il me serait absolument odieux : les systèmes et les dogmes ne nous délivreront jamais de la Métaphysique, l'odeur d'hérésie étranglera toute morale, ce sera le règne de cette horreur innommable, qui ne pourrait même pas s'appeler immoralité et qui ne cessera jamais de parler d'un avenir meilleur. La sympathie que j'ai pour le Général ressemble à celle que je nourris pour mon père. J'ai le sentiment que nous sommes les enfants d'Emiliano Zapata, mais que nous ne pouvons être que les partisans de Vladimir Ilitch Oulianov.

Le Général a-t-il vraiment envoyé un message au grand Lénine ? Les historiens émettent des doutes à ce sujet, mais l'existence du Messager les contredit : un écrivain ne saurait forger de toutes pièces un tel personnage. D'après ces critères, le message du Général me paraît ironique. Je le relis : "A l'occasion de la prise des Palais d'Hiver et issue *victorieuse* du long combat livré par peuple Russe, Vous personnellement et Vos Collaborateurs, chaleureuses félicitations, de tout cœur avec Vous, *certain du progrès* de la Révolution et de la *prospérité* de Votre Patrie".

Ces mots soulignés m'autorisent-ils à conclure qu'il s'agit là d'ironie ? Je pense que le Général, élu par ses ouailles, lié par ce *Programme d'Ayala*, est l'otage de ses serments. Ce sont eux qui le guident. Son message est une façon de se moquer de lui-même : il n'y avait pas eu d'issue victorieuse, il n'était pas certain du progrès de la révolution, pas plus qu'il ne voyait venir la prospérité de sa Patrie. Alors pourquoi continuait-il ? Nous l'avons dit : on ne peut pas reprendre tout ce qui vient après le premier pas.

Ce n'est pas la même chose pour ce Lénine, déclara le capitaine Coignet.

Il promit de justifier son point de vue, mais on ne trouve pas trace d'explication dans ses *Cahiers*. Le Messager, lui, se souvient pourtant qu'à ce moment-là, il alluma un deuxième cigare.

11

Les auberges ont toujours été fréquentées par des érudits et des gens instruits, vagabonds et voisins, qui ont toujours quelque chose à dire, s'acquittant ainsi de l'hospitalité des voyageurs prêts à payer de leur poche, pour avoir de l'inédit à se mettre sous la dent. Si le Messager a bien saisi le nom, dans le coin où se tenaient le capitaine Coignet, le colporteur et les comparses, Luis de León Saaverda y Pessoa tenait en substance les propos et les philosophies suivantes :

— Si le mot "révolution" se rapporte à la violence, à la rupture d'un ordre et à l'avènement d'un autre ordre, il véhicule aussi la notion d'irrésistible et de fatal, comme l'est le mouvement rotatoire et hors de portée des astres et des planètes. Le titre du traité où Nicolas Copernic soutient la thèse du système héliocentrique est *De revolutionibus orbium cœlestium (Des révolutions des corps célestes)* et la nuit du 14 juillet 1789, à Paris, quand le duc de La Rochefoucauld-Liancourt annonça à Louis XVI la prise de la Bastille, la libération de quelques misérables prisonniers et le recul des troupes royales devant l'assaut populaire, le monarque s'écria :

— C'est une révolte !

Le duc rectifia :

— Non, Sire, c'est une révolution !

"Ces mots marquent la fin définitive de la période inaugurée en ce mardi néfaste, 29 mai 1453, où

Constantinople est tombée entre les mains de Mehmet II, dit le Conquérant ; soit trois cent trente-six ans jusqu'à ce mardi 14 juillet 1789, où le peuple – nouveau Conquérant – a occupé la Bastille : deux coupures nettes comme l'Histoire n'en a pas connu d'autres. La première isole l'Orient du monde et donne sa chance à l'Occident, la deuxième prouve que l'Occident s'est montré digne de l'attente de ceux qui ont couvé l'héritage de l'Orient. Il peut enfin s'exclamer : C'est du Couchant que nous vient la Lumière !"

— Bien dit, professeur, applaudit un comparse.

— Il faut que vous sachiez, poursuit Luis de León Saaverda y Pessoa, que le siècle le plus long est le XVIIIe siècle, ledit Siècle des lumières, qui se caractérise par sa confiance absolue en la raison humaine, sa foi en le progrès, l'influence sans cesse croissante de la science, qui détrône la métaphysique, en un mot par tout ce qu'on vous a enseigné à l'école et qui à ce jour n'a pas été renversé, malgré les théories émises de temps à autre par nos contemporains et leur acharnement à prétendre que ce siècle appartient au passé. Le Siècle des lumières, n'en déplaise à ceux qui le nient, a été omniprésent pendant trois cents ans, sans compter ses précurseurs ni ses descendants, c'est-à-dire nous-mêmes. J'attire votre attention sur le fait que M. Oulianov est un représentant typique de ce siècle, lui qui excelle en matière de raison et de progrès, parcourt les siècles de l'Histoire tel le propriétaire terrien qui vit des ressources de son domaine et qui s'enfonce dans le temps comme le brin de paille dans l'œil. Je vous conseillerais donc, monsieur le Messager, de ne pas vous presser de vous rendre à Moscou, le Siècle des lumières n'est pas près d'expirer.

"J'ai toute ma vie été fasciné par le disciple de Pythagore, Paron, sur qui nous n'avons aucune information, à part deux malheureuses lignes dans la *Physique* d'Aristote. Il y est dit que, tout se faisant et se défaisant «avec le temps», il faut donc que le temps soit chose toute sage. Il semble que, là-dessus, Paron soit intervenu pour signaler que le temps doit au contraire être chose tout ignorante, pour la raison que, «avec le temps», tout s'oublie. Et Aristote note volontiers que cette conception est juste, le temps étant cause d'usure plutôt que de création, puisque le *changement* – lire la révolution en ce qui nous concerne – tend vers l'éloignement, l'abandon, le reniement, goutte en dissolution dans l'immensité du devenir. Tant que le Siècle des lumières survivra, insistant sur la sagesse du temps, la révolution vivra. Puis elle s'éloignera et nous ne la reverrons plus jamais. Un jour on en aura assez que tout tourne autour de l'homme et de sa raison et peut-être aura-t-on le temps de le dire, comme c'est le cas quelquefois des mourants, qui parviennent à laisser des consignes.

"L'Histoire est constellée, pareille à un visage atteint d'une maladie exanthématique, de propositions et d'attentes qui ne se sont jamais réalisées, se sont assimilées à une quête suprême, des propositions merveilleuses, comme toutes les femmes qu'on n'a pas possédées. La révolution a eu le malheur de se réaliser, et même beaucoup plus souvent que prévu, à croire que c'était la consigne systématiquement laissée par les mourants. Elle ne nous a pas fait peur, on ne peut pas en dire autant de la gent féminine. Elle ne nous a pas offert de plaisir suffisant, mais un rapide rassasiement. Elle n'a jamais été qu'un spasme de courte durée, un orgasme asthmatique, avec des acteurs qui ont tracé des routes pour ensuite les crotter. Prenons ce dont nous sommes sûrs et laissons de côté la légende. Ils étaient neuf cent cinquante, selon les estimations, ceux qui ont attaqué la Bastille. Mettons six cents. En 1833, quatre cents d'entre eux étaient encore en vie. J'en connaissais beaucoup.

"Le menuisier Joseph Arné, qui le premier pénétra dans la cour de la forteresse, se fit soldat et mourut à Saint-Domingue. Hulin, directeur d'une buanderie, dans une banlieue de la ville, celui qui coupa les chaînes du pont-levis de la prison se hissa au grade de général, de commandant de la place de Paris, de comte de l'Empire français et mourut aveugle. Maillard, agent d'affaires de sa profession, qui tenait le drapeau des révoltés pendant l'attaque, se fit mouchard, chef d'assassins, bouillant révolutionnaire, connu sous le sobriquet de «Tape-Dur». Vieilh ou Varennes, de profession inconnue, qui fut blessé pendant l'assaut, se signala par les bons et loyaux services qu'il rendit à la Restauration des Bourbons. Jean-Baptiste-Marie-Louis de La Reynie de La Bruyère, combattant, abbé, qui proposa la prise de la Bastille, qui somma le gouverneur de la citadelle de capituler, qui libéra les «victimes du despotisme», fut accusé de n'avoir eu d'autre but que le vol d'objets précieux et de meubles de choix trouvés dans les caves de la prison, ce qui se révéla exact, puisque les objets volés furent retrouvés chez sa maîtresse et chez lui. Il fut emprisonné pour ce crime, mais fut bientôt chargé de l'approvisionnement exclusif de Paris, et personne ne cessa de le traiter de violeur, d'intrigant, d'escroc, de brigand et de contre-révolutionnaire. Il s'apprêtait à trouver la quiétude, et à jouir de ses revenus d'inspecteur aux revues, quand il mourut sans avoir pu goûter le fruit de tant de peines. On dit qu'il fut victime de sa vie de débauches. Vous me direz qu'il reste tous les autres, combattants anonymes et silencieux Il se trouve que leurs bassesses n'ont pas été enregistrées, elles ont été commises à l'insu des hommes et des dieux. Je noterai avec amertume que tous ceux qui ont été mêlés à la révolution, à en juger d'après mon époque, étaient des ordures de naissance qui ont trouvé là l'occasion de s'en donner à cœur joie, tandis que nous, pauvres idiots, nous nous égosillions, au détriment de notre santé et des fondements de notre pensée, pour leur salut. Peut-être ces temps-ci sont-ils différents et peut-être ce que nous appelons «révolution» n'est-il rien d'autre que l'apothéose de la truanderie. Je comprends pourquoi le Général Emiliano Zapata ne pouvait même pas esquisser un sourire.

"«Les révolutions s'en vont, les révolutions viendront, disait-il, moi, je continuerai à faire la mienne.»"

12

Les choses furent bien différentes avec Nicolas Contat, vers le milieu du Siècle des lumières, en l'an 1762 précisément. C'est la date qui figure sur le manuscrit *Anecdotes typographiques où l'on voit la description des coutumes, mœurs et usages singuliers des compagnons Imprimeurs*, mais les événements de la révolte se rapportent à l'année 1730, à l'époque où Contat était encore apprenti à l'imprimerie de la rue Saint-Séverin à Paris, dont le propriétaire n'est pas mentionné par son nom : il est simplement qualifié de "Bourgeois", c'est-à-dire qu'il boit autant qu'il veut, mange ce que le marché a de meilleur, se pointe à son affaire quand ça lui chante, dans le seul but de harceler ses employés, ses apprentis en particulier, marié par-dessus le marché à une jouvencelle, qui a de l'affection pour les chats, pour sa petite Grisette surtout. Mais étant donné que "les patrons aiment les chats, les ouvriers se doivent par là même de les détester". D'ailleurs ces salauds de chats sont bien la copie conforme des bourgeois. Ils n'ont pas besoin de se tuer au travail, la Patronne sort leur donner à manger sans même qu'ils réclament, ils roulent leur bosse où ils veulent sans avoir de comptes à rendre, ils font mine de s'approcher de l'assiette de l'apprenti, son assiette de viande avariée et de gruau, pas question de renifler une ordure pareille. On ne peut même pas fermer l'œil avec eux : ils se battent et s'écorchent, une fois parce que c'est la saison des amours, la fois suivante parce que c'est comme ça, ils bondissent sur les lits et s'en prennent aux rats, impossible de leur apprendre le respect et l'ordre.

Le travail à l'imprimerie commence avant le point du jour et finit à la nuit noire. La nourriture ne suffit pas, les gages sont ridicules (le Bourgeois fait tout le temps venir des "alloués" et les plus anciens se rappellent l'époque où ils étaient tous une grande famille, alors que maintenant, le travail devient une marchandise, une valeur d'échange si on veut), il y a déjà de quoi enrager, mais on pourrait au moins avoir le sommeil. Le sommeil sous les tuiles, au-dessus de l'imprimerie, dans une mansarde basse, sur un lit étroit partagé avec l'autre apprenti, Jérôme, où l'on se couche tout habillé pour se lever tout habillé, la couverture qui n'arrive pas jusqu'aux pieds (on grandit encore !) et les réveils dans le noir parce que Jérôme la tire à lui et qu'on se met à grelotter et on n'a pas le temps de bien voir la Patronne en rêve, potelée et décoiffée, qui nourrit sa Grisette à midi d'ailes de poularde rôtie. La maison du Bourgeois encadre l'imprimerie de trois côtés, ça forme une cour au milieu.

Tu ne te bats pas avec ton compagnon, parce qu'il partage les coups des protes, les punitions du Bourgeois, parce qu'il dort près de toi et te réchauffe un peu, tant pis s'il donne des coups de pied quand il rêve. Camarade à midi, camarade à minuit. Et puis, heureusement, qui se ressemble s'assemble, il y en a toujours un pour pincer l'autre, c'est bien la preuve qu'il faut être au moins deux pour que la révolte germe et pousse et devienne révolution.

Une nuit, donc, le camarade sauta du matelas :

— Ça ne va plus ! cria-t-il.

— Dors, grommela Nicolas.

Qui sait combien de chats il y avait, sûrement beaucoup moins qu'hier et qu'avant-hier et qu'avant avant-hier, mais ils miaulaient comme de beaux diables et n'en finissaient pas. Jérôme, le compagnon de pieu, sortit par la fenêtre de la mansarde en rampant sur les tuiles, et au lieu de disperser le troupeau de félins, il en attrapa deux par la queue, glissa sur le toit d'à côté, juste au-dessus de la chambre du Bourgeois, qui dormait bienheureux dans la tiédeur de son épouse, et se mit à miauler comme un possédé du démon, en raclant les deux chats qu'il tenait par la queue sur les tuiles et en les poussant l'un vers l'autre pour qu'ils se battent jusqu'au sang.

— Seigneur Dieu doux Jésus, dit le Bourgeois.

— Dors, lui conseilla sa femme.

Personne ne dormit ce soir-là : patrons, domestiques, apprentis, voisins, veilleurs de nuit. Et il n'y eut plus de nuit paisible, ni noire, ni claire, ni liquoreuse. Jérôme tient bon, il a l'habitude de toute façon, Nicolas aussi. Ils connaissent bien les tuiles et se débrouillent toujours pour fourrer deux ou trois chats dans un sac, ils savent même miauler sans rire. Le Bourgeois, lui, fléchit : il n'arrête pas de bâiller, de chercher noise à sa femme (mais elle ne pleure pas !), il est sans cesse dans ses jambes, il ne se décide pas à partir pour laisser le champ libre au curé confesseur qui lui tâte le téton et ferme la porte à clef et tout est bien réglé, tel un soufflet de forge, vigoureux et trapu, véritable âne en rut, la mise irréprochable, et comme disent les anciens "il n'a pas de cervelle et a perdu la vue celui qui est cocu", le Bourgeois avale des tisanes, il a des vapeurs, le barbier vient lui poser des ventouses. Et dans son malheur, il prend une décision :

— Il faut en finir avec ces chats !

Il a beau vouloir exorciser le mal, personne ne se soucie de ses superstitions.

— Attention à ma Grisette, dit sa femme en se penchant à la fenêtre de la cour.

C'est par sa Grisette que commencent Nicolas et Jérôme. Ils la trouvent étalée dans un coin de la cour, occupée à somnoler au soleil. Ils l'assomment – un coup de tôle –, ils l'achèvent en lui balançant un poids sur le crâne, ils l'enfoncent dans une gouttière : qu'elle se détrempe, qu'elle se décompose, qu'elle se mette à puer, que le courant l'emporte et la rejette chez le voisin. Le reste est facile : minettes et minous, matous et chats briochés, chats de gouttière et chats d'intérieur, chats nonchalants, chats clochards, chats de la mi-août, chats de poids, chats de merde, chats péteux, chiens de chats, chats virant sur le plancher des vaches et chats de vigne à la traîne, ils ont les yeux crevés, les oreilles entamées ou encore la pelade, des bourgeois en tout genre, des prêtres au gros cul et des moines crasseux. Les protes s'y mettent aussi, suivis du contremaître, les "alloués" s'abstiennent, mais pas les casiers de lettres, les encres, les papiers, les colles, les presses, les bois et les fers, au son de petits impromptus

– Ah, ça ira, ça ira, ça ira,
la corde pour pendre tous les chats,
Ah, ça ira, belle besogne ce sera,
autour du cou on la leur passera ! –

chantés sur fond de hurlements, de cris, de soupirs, de râles, émaillés de jurons, d'éclats de rire et de grincements de dents, une pagaille pas possible.

On dressa la potence au milieu de la cour, on fit entrer les chats, solidement attachés par le cou et les pattes, poussant ceux qui avaient des pattes cassées, quelques-uns menaçants dans des caisses de bois, ou même des cages. On organisa aussitôt un tribunal populaire, dans le rôle du président, Nicolas et dans celui du procureur, Jérôme. Chacun des accusés était soumis à des questions dans le cadre d'une procédure synoptique :

— De quel droit manges-tu ? As-tu travaillé pour manger ?

— Pourquoi opprimes-tu la classe des travailleurs ?

— Depuis quand collabores-tu avec la réaction ?

— Combien t'a-t-on donné pour faire ça ?

La condamnation, désespérément monotone, conforme aux exigences de la foule :

— A mort, sans circonstances atténuantes et sans droit d'appel.

Et ils ont désigné un confesseur, qui tâte les tétons et le cul de tous les condamnés, et un bourreau, qui exécute la sentence, sous les acclamations générales (même les "alloués" s'enhardissent). Les commentaires sont pertinents : C'est du travail bien fait, il n'a pas fait long feu ce salaud-là, l'autre n'a rien voulu entendre jusqu'à la fin, il a même sorti les griffes. Les cadavres s'entassent.

La Patronne, belle plante, a mis la tête dehors, potelée et décoiffée, à la fenêtre de la cour, pour demander :

— Qu'est-ce qui se passe en bas ?

— Mort aux chats ! Mort aux chattes !

— Touchez pas à ma Grisette !

— Personne ne lui fait de mal, Patronne, à ta peluche ; ton duvet si doux, si délicat, le curé le pelote et le protège du mal !

Elle referme vite la fenêtre et le tribunal populaire se remet au travail. Mais il n'a pas le temps d'achever la condamnation suivante, le Bourgeois se précipite dans la cour, comme ressuscité tout soudain.

— Bande de voleurs, sales fripons, vous n'avez pas honte, rugit-il, de laisser le travail pour vous amuser comme ça. Ce n'est pas le moment !

Derrière lui la Patronne, les "alloués" ont réintégré l'imprimerie, le tribunal populaire se tait, c'est si rare que la Patronne descende dans la cour, dans la saleté des livres, son odeur est différente, on en a l'eau à la bouche, on se croirait devant un plat tout fumant d'ailes de poularde rôtie. Elle a le bras levé, comme si elle tenait un étendard, et sa robe a glissé de son épaule, je vois son sein, je le vois, compagnons, on la dirait prête à lancer un mot d'ordre, les cheveux dans le vent, la Liberté incarnée, j'ai envie de lui crier : "Viens avec nous, Patronne, la révolution c'est la fête, c'est la vie, sois des nôtres, nous te prenons, laisse ton tiède bourgeois et ton bouc de prêtre, la révolution c'est l'amour, la débauche." La Patronne met de l'ordre dans sa robe, rajuste gracieusement son caraco.

— Ces bons à rien, dit-elle avec des mines de chatte à son bourgeois, comme si c'était son curé, ne sont pas capables de tuer leurs patrons. Ils ont tué ma chatte, je ne la trouve nulle part. Je l'ai cherchée partout, ma Grisette, je suis sûre qu'ils l'auront pendue.

Le couple s'en va, traînant à sa suite miaulements et gros rires.

— *Psi, psi, psi, psi, elle danse la Patronne.*

Elle s'est fait tripoter, peloter et baiser.

On t'aura pour de bon, on se l'est bien juré,

Pour sûr, leur beau pucelage, ils l'auront tous perdu.

Pour sûr, le gros Bourgeois est plus d'une fois cocu.

Mignonne, on te prendra, Patronne on te coincera,

Dans les bras que tu vois tu te retrouveras,

Tout ce que tu sais faire, tu nous le montreras.

Dans la cour, sang, pisse, paquets de poils et caca de chat.

Mille fois Nicolas racontera.

On ne se lasse pas d'une première fois pareille.

Et quand il sera maître imprimeur, il l'écrira sur le papier :

> *Ah, ça ira, ça ira, ça ira,*
> *Tu me plais, j'en crève et tu verras,*
> *La belle besogne que nous avons là,*
> *Ton cul est la barque, mes jambes les rames,*
> *Toi tu as la chatte et moi les chats.*

— Et quels livres imprimait-on dans cette imprimerie-là ? s'intéresse le Messager.

Très certainement l'*Histoire des Félidés* d'Alphonse-Marie-Joseph de la Devinière, où est analysée avec moult détails la signification du chat au cours des siècles, en relation avec les croyances populaires concernant l'animal et les rituels où on le faisait périr par le feu, en France et dans d'autres pays. Je voudrais qu'on me dise comment le grand Lénine traitait les chats.

Oh, ma chatte !

13

Le 4 juillet 1789, le marquis Donatien-Alphonse-François de Sade fut transféré de la Bastille à l'hospice de fous de Charenton. Son transfert avait été jugé nécessaire, parce qu'il incitait à la révolte le peuple et les passants, en hurlant à l'aide d'un porte-voix improvisé, de la fenêtre de sa cellule où pouvait à peine tenir son corps flasque et bouffi, au deuxième étage de la tour de la Liberté qui appartenait à la fortification de Saint-Antoine, que les geôliers allaient étrangler les détenus, à savoir lui-même et sept autres (quatre criminels de droit commun, deux fous et un individu de signalement inconnu). Le marquis en était à sa onzième année d'incarcération sans interruption et sans procès ; c'était la cinquième qu'il passait à la Bastille. Il n'eut pas la chance de se trouver là au moment de la chute de la citadelle – symbole de la tyrannie – mais c'est là que s'acheva la distillation de ses livres, qui aboutit à un marc extrêmement fort, résultat de la décoction de copulations monotones et prévisibles et de toutes les combinaisons possibles d'entrelacements, interminables pérégrinations dans des endroits clos et sombres, semblables à des placentas pleins de sécrétions de verge et de con, mêlées aux larmes de la vertu infortunée et au sang de la passion criminelle, où la terreur étreint le plaisir, sans conditions. Telle est la face visible de son discours, savoureuse jusqu'à l'épuisement.

Il faudra tout de même qu'on reconnaisse enfin que le marquis a, mieux et plus honnêtement que quiconque, préparé la fougue subversive qui s'est appelée Révolution, tirant de la lumière du système planétaire des organes génitaux en rotation, en érection et en extase, de corps frémissant, gémissant et philosophant jusqu'à la pâmoison. Il a édifié avec constance un univers qui a, avec la réalité du monde, le même rapport que celui que nous pressentons entre Cythère et la petite île qui lui fait face et que la carte appelle *Anti*cythère, Cythère étant, sur la foi de présomptions et d'après la tradition, le refuge pur et consacré d'Aphrodite, lieu d'abordage de passagers partis de rives lointaines et riches, mais privées d'amour, comme le prouve le tableau du peintre Antoine Watteau, qui s'intitule *l'Embarquement pour Cythère.* Plus bas, Anticythère ne possède en propre que le préfixe *anti-* et n'attend ni visiteurs ni pèlerins. Le marquis pouvait être tranquille : Voltaire, Diderot, les encyclopédistes, Montesquieu et autres chapelles ne risquaient pas de menacer son édifice, intellectuels et bâtisseurs de projets bancals, qu'on appelle philosophie, esthétique, littérature, j'en passe et des meilleures. Entendant la Révolution grossir comme une vague de l'Océan, il colle son porte-voix improvisé à ses lèvres et clame que les mots de l'ordre – c'est-à-dire de la "Morale", la plus haute tour du château – sont inadaptés à un autre monde, sans logique, esthétique ni théories de salon, canaux d'évacuation des pulsions.

En 1795, entre une prison où l'a jeté le nouveau régime et une autre, où le laissera croupir jusqu'à la mort le Consulat de Napoléon, il publie son livre *La Philosophie dans le boudoir ou les Instituteurs immoraux*, suite de sept dialogues, tout au long desquels on assiste au baptême et à l'éducation érotique exhaustive d'Eugénie, pucelle de seize ans, naturellement portée à tous les jeux de la chair, décrits avec des mots précis, comme la recette des mets les plus exquis. A la moitié du livre environ, au milieu du cinquième dialogue, se trouve un long texte, intitulé "Français, encore un effort si vous voulez être républicains". On dirait une plaidoirie ardente, décochée du haut de la tribune d'une Assemblée nationale idéale ; on dirait aussi une harangue prononcée devant le troupeau silencieux des citoyens assemblés qui pénètrent l'avenir comme un phallus, et dont les mots serviront d'exemple, pour que prospèrent des fruits sans précédent et déterminants.

Le drame avec l'écrit est qu'on ne peut le réitérer. Le discours qu'il contient est unique et le restera, et derrière sa destruction ne se cache pas le moindre espoir de le retrouver. Or, parce que sa perte est le phénomène le plus couramment observé sur cette planète, écrire revient presque à courir après ce qui se perd, en s'efforçant de le répéter dans l'espoir de le sauvegarder. Quand les anciens Grecs utilisaient les mots "sédition", "changement" (selon Platon), "rotation politique" (selon Polybe), ils donnaient à la chose publique l'allure d'un mouvement répétitif, l'image d'une roue qui aurait cependant un début et une fin. Les Romains parlaient de "changement de l'état des choses" (*mutatio rerum*, selon Cicéron), comme si la roue des anciens, en tournant, traçait un chemin. Sans ce chemin, la rotation de la roue n'aurait pas de sens. Machiavel parle du "changement de la situation" (*mutazione de lo stato*, écrit-il), comme s'il était possible de revenir sur le chemin tracé par la roue et de le modifier : ce n'est plus la roue qui compte, mais la trace qu'elle a laissée.

Les poètes, les écrivains, les hommes de lettres n'ont pas suivi cette réflexion. Progressant à tâtons, ils ont toujours essayé de faire un pas qui résume les précédents et qui soit en même temps le début du suivant. Ils étaient hantés par la vision de la continuité, la peur d'être démentis et de voir leur discours recevoir le coup capital et définitif, mortel. Au commencement, l'amour ignorait la chair et l'artifice, il était invitation, malentendu et conflit, adoration, tout ce qui se dit en public et dont on reconnaît le caractère commun. Puis se sont ajoutées les reconnaissances de parents, qui s'étaient déjà soldées par des incestes, ou il s'en était fallu de peu qu'elles n'en viennent à un mal aussi inouï. Un obscur repli du privé se faisait jour et terrifiait, inavouable, jusque-là dissimulé sous le couvert de jeux complexes, sous les soutanes, dans des saintetés d'envie exacerbée, préférant rompre le fil du désir et de l'inqualifiable, qui se débridait lors des fêtes et des carnavals, pour revenir, provisoirement assouvi, à l'écoulement paisible du temps et des jours de l'année. Le marquis de Sade a levé le rideau, pour exhiber le privé dans toute sa lassitude et toute son immoralité. Il l'a coordonné avec la mutation de la situation. Il en a fait le point d'appui du levier d'Archimède, sur lequel il suffit d'appuyer pour déclencher la révolution. Sans la lie, a-t-il dit, pas de révolution possible.

— Je vous remercie, me dit-il, pour le soutien apporté, mais donnez-moi la parole. Je préfère me servir moi-même de mon texte.

Il utilise le pluriel :

— Je viens vous offrir de grandes idées, commence-t-il. Vous les entendrez, vous y réfléchirez. Si elles n'ont pas toutes le bonheur de plaire, il en restera au moins quelques-unes. Elles auront contribué dans une modeste mesure au progrès des lumières et je serai content. Je ne m'en cache pas, je n'aime pas voir la lenteur avec laquelle nous tentons d'atteindre le but. Je suis inquiet de sentir que nous nous trouvons à la veille d'un nouvel échec.

— C'est d'autres lumières qu'il parle, explique Eugénie. Il propose de déraciner la religion du guignol de Judée. Celui qui se libère du sceptre doit aussi se libérer du goupillon. L'athéisme est aujourd'hui le seul système de tous les hommes qui savent raisonner. Mais s'il faut une religion au peuple, optons pour les dieux païens.

— Je connais ces divagations, coupé-je, ébloui par la nudité d'Eugénie, qui verra bientôt sa mère arriver, et l'inviter à se prostituer, Eugénie l'initiera à l'inceste et à l'adultère.

— Vous vous trompez, proteste le marquis. Pour qu'il y ait dialogue, il faut que l'interlocuteur soit ami. Je ne remplace pas le dieu judéo-chrétien par l'homme. Non, il n'est pas question pour moi de commettre pareil crime ! Je le remplace par les organes génitaux de l'homme, les seuls à être innocents et honnêtes, ils ne tombent pas dans des contradictions, comme vous le savez, ils n'ont pas de rapport avec la logique, ils ne cachent rien, de façon qu'il y ait des instruits et des ignorants, ils ne tirent profit de rien, de façon qu'il y ait des pauvres et des riches. Les organes génitaux exigent d'autres mœurs, tirent d'autres conclusions. Et pour commencer, la suppression de la loi de la peine de mort, parce qu'il y a une foule de cas où la nature a donné la liberté aux hommes d'attenter aux jours des autres. Et ne nous abusons pas : la peine de mort n'a jamais limité le crime. D'ailleurs que signifie le mot crime ? Ce n'est pas pour le voleur que le vol doit être puni, mais pour celui qui n'a pas su se garder d'être volé. Et comment peut-on être pauvre et ne pas voler ? Tous ceux qui possèdent une fortune, ne l'ont-ils pas enlevée à quelqu'un ?

Les exemples arrivent en foule de la Sparte antique et de Rome. On ne manque pas non plus d'exemples fournis par tous les coins du monde, toutes les pages de l'Histoire, pour justifier la calomnie, la prostitution, l'adultère, l'inceste, le viol, la sodomie, le suicide, l'impiété, le blasphème, le sacrilège. La révolution ne se fait pas pour apporter la liberté – laquelle existe dans les organes génitaux – mais le bonheur. Saint-Just clamait que "le bonheur est une idée neuve en Europe". Le bonheur a le poids de la vérité quand il s'agit du peuple, le peuple toujours malheureux, qui pour s'être libéré de la tyrannie ne goûtera pas pour autant les fruits de la liberté, à moins que les volontés de l'un ne s'inscrivent dans une volonté unique ; UNE. Existe-t-il une volonté UNE, à part celle de se livrer au soulagement des sens, à la sympathie des actes, à la vertu générale de ce qui est dit "immoral", et qui n'est autre que le rejet du joug de la nécessité ?

— Tout ce que j'ai dit est indispensable, insiste le marquis, pour que l'homme soit agité de l'éternelle vibration immorale, connaisse l'état de mouvement éternel qui le rapproche de la révolte nécessaire, que le républicain a le devoir d'entretenir pour tenir éveillé le gouvernement, dont il est en définitive un rouage. La république est l'apothéose de l'immoralité, c'est une pourriture continue, qui demande sans cesse à être nettoyée. La révolution n'est donc pas un nouveau départ obtenu par la violence, c'est le devant-derrière, un autre calendrier, une autre époque.

— Extravagances, dis-je, regimbant.

Mais je me rappelle le tableau de Delacroix *La Liberté guidant le peuple*, où la belle et grande Liberté, tenant dans une main le fusil et dans l'autre le drapeau, se trouve dans l'impossibilité de relever sa robe, qui a glissé de ses épaules, découvrant un sein haut et ferme. L'autre est sur le point de se montrer aussi tout entier. Où la Liberté au sein nu conduira-t-elle le peuple ? Nous naviguons loin de Cythère, inexistante ou engloutie. Devant nous Anticythère.

Le marquis s'éloigne, le sourire aux lèvres et d'une infinie civilité. Son corps gras et flasque couvre les seize ans d'Eugénie, qui – toujours curieuse – pénètre plus avant, oscillant comme un raisonnement peu sûr, mais avide de chair : un crime et une vertu.

— C'est le principe de la délicatesse, ajoute le marquis.

Il regarde attentivement le tableau de Delacroix et je gage qu'il a la pensée suivante : Lèvres rouges charnues, yeux larges et sourcils bien dessinés, couleurs de courtisane, avec qui on aime discuter, s'amuser, pour qui on dépense et on se querelle, mais qu'on ne se décide pas à épouser, et peut-être a-t-on raison, puisque l'Histoire nous enseigne que les courtisanes dont la situation fut légalisée se transformèrent en despotes fauchant sans retenue les sacrifices qu'on avait faits en leurs noms.

— Je crois que vous faites erreur, me corrige le marquis. Si j'avais le malheur d'avoir des pensées aussi nettes, je n'oserais pas parler de révolution.

Je rêve que la Liberté de Delacroix est une pucelle de seize ans comme Eugénie. Grâce au marquis, j'ai les recettes de sa conquête érotique. Je suis certain qu'elle finira par se rendre. Mes idées corrompront son corps et mon corps corrompra ses idées. Nous aurons posé le pied sur Anticythère.

J'allonge le bras vers la boîte de cigares du Messager et j'en prends un.

14

Le moment est venu de parler des femmes. L'entrée à pas feutrés de la femme du Bourgeois, le rayonnement naissant d'Eugénie sont des pensées désordonnées, débridées, que l'esprit écarte, mais auxquelles il revient : la révolution n'échappe pas à l'insanité de l'innommable. La vision de l'orgie, indisciplinable, tambourine à sa porte. Elle la couvre par des démonstrations de décence résignée, qu'elle demande aux événements de sanctionner.

Quant à Nadejda Constantinova Kroupskaïa, si jolie sur une photographie de 1895, nous savons comment elle a commencé à fréquenter Vladimir Ilitch Oulianov pendant cette période : cela faisait déjà un an, alors qu'elle enseignait gratuitement dans une école du soir pour ouvriers, dans le quartier de la Porte de la Neva à Pétersbourg. Beaucoup de ses élèves étaient membres des cercles que catéchisait le camarade Lénine. C'est donc la cause commune qui a rapproché Lénine de Kroupskaïa et a constitué la base de leur grande amitié.

Elle n'était pas là le soir du 8 décembre 1895, quand la police arrêta son cher et tendre en même temps que de nombreux collaborateurs du groupe *Union de la lutte pour la libération de la classe ouvrière*, qui avaient préparé la matière du premier feuillet de leur journal *Rabotcheïe Delo* chez elle et étaient partis quelques heures plus tôt, ayant achevé la mise en pages du tirage. Mais elle sut immédiatement que Lénine avait été incarcéré et qu'il était au cachot. Il s'y trouvait encore en août 1896, date à laquelle elle fut appréhendée à son tour. Dans sa cellule, elle apprit que le 17 février 1897, Lénine était parti pour l'est de la Sibérie, condamné à trois ans de déportation pour prix de ses activités. Ayant fait étape à Krasnoïarsk où il attendait que le lieu de sa déportation fût fixé, on lui notifia que sa destination finale était le village de Souchenskoïé de la province Minouchinsk du gouvernement d'Ienisséïsk. C'était un village écarté, à six cents verstes de la gare de chemin de fer la plus proche. "Il est grand, le décrivait Lénine, il a pas mal de rues plutôt sales et poussiéreuses – les choses sont comme elles doivent être. Il n'y a pas de jardins (ni aucune sorte de végétation)."

Entre-temps, Nadejda Constantinova Kroupskaïa avait elle aussi été condamnée à trois ans d'exil et devait être déportée dans une autre région. Elle fit aussitôt en sorte qu'on l'envoie à Souchenskoïé, alléguant qu'elle était la fiancée de Vladimir Ilitch Oulianov. Elle avait reçu une lettre où il la priait de venir le rejoindre et d'être sa femme. Sa réponse avait été : "Figurez-vous que monsieur veut que je sois sa femme ! Eh bien, soit, je le serai !"

Elle arriva au village au début du mois de mai 1898, en compagnie de sa mère. La nuit tombait. Dans l'isba où demeurait son cher et tendre, beaucoup de monde se réunit. Les filles admiraient sa silhouette fine et souple et la longueur de son épaisse natte. Aucune femme au village n'en avait de pareille. Le mariage eut lieu deux mois plus tard : le 10 juillet.

Au bout de vingt-quatre ans, après avoir suivi son mari dans toutes sortes de déplacements en Russie et à l'étranger, et après avoir recopié et mis au propre d'innombrables pages de ses textes, la camarade Kroupskaïa était devenue une femme d'âge mûr corpulente vêtue de blanc, le seul visage sans sourire de la photographie de 1922, où un Lénine vieilli, sa sœur Anna et deux petits enfants ont un air malicieux, presque espiègle. Peut-être n'avait-elle pas commencé à rédiger ses Mémoires, ni déclaré tout ce que le livre *Les Glorieuses Bolcheviks* rapporte sur cette époque : "Ma mémoire garde bien présente la vie pleine de pureté primitive et de joie de cette période lointaine. Tout rappelait la vie primitive – la nature, l'oseille, les champignons, la chasse, le patinage, le cercle intime de camarades, d'amis, les promenades partagées, la chanson, les fêtes collectives un peu simplistes. A la maison, ma mère et le ménage à moitié naturel, primitif", etc.

C'est ainsi qu'était aussi le ménage – encore plus rustique – de Josefa Espejo, fille du défunt marchand de bétail d'Ayala, bourg situé près d'Anenecuilco, où en 1909 (l'année de la mort de son père), les vieux notables avaient accepté l'élection d'Emiliano Zapata, prétendant qu'eux-mêmes avaient servi leur pays pendant des années, du mieux qu'ils avaient pu, et que le plus grand bienfait qu'il leur restât à faire était de se retirer, non pas parce que les temps changeaient, mais parce que les choses avaient commencé à tournoyer, comme pour se conformer au nom de leur village : Anenecuilco, dans la langue des Indiens, signifie "l'endroit où l'eau tourbillonne". Il fallait des hommes jeunes pour supporter le vertige que de tels remous provoquent.

Josefa n'avait pas dû être présente à cette élection. Elle n'avait pas dû apprendre non plus qu'Emiliano Zapata, lorsque son élection fut confirmée, se leva et prononça quelques mots brefs, disant qu'il acceptait la lourde charge de sa dignité et qu'il était certain que ses ouailles le soutiendraient. Josefa n'avait pas entendu que quelqu'un dans la foule avait lancé au nouveau chef : "Nous te soutiendrons ! Tout ce que nous voulons, c'est un homme avec des couilles au cul qui nous défende." Mais lorsqu'elle accepta la proposition d'Emiliano, deux ans après cet épisode, il ne lui échappait pas que le marié avait déjà au moins un enfant d'une autre, et on ne lui cacha pas ensuite qu'il continuait à semer à tous vents et à produire d'autres de ces marmots : sept, peut-être même plus. Mais c'est elle qui avait fait le rejeton légal et quand elle marchait dans les rues, tout le monde s'écartait, plein de respect, sur son passage. C'est elle qui chassait la poussière de sa maison, la poussière qu'avaient rapportée les chaussures de son mari. Et après son assassinat, c'est elle qui avait la photographie de leur mariage. Elle ornait un mur de sa masure.

Sur la photographie qui immortalise la rencontre du Général avec Francisco Villa, le 4 décembre 1914 dans la capitale du Mexique, entre les deux fauteuils à haut dossier dans lesquels sont assis les deux chefs de guerre, apparaît la tête d'une femme vêtue de noir, que l'Américain Cobb, informateur du ministre des Affaires étrangères de la grande démocratie outre-Atlantique, appelle "l'épouse de l'Attila du Sud". "Tout ce qu'elle porte, poursuit-il, pourrait s'acheter pour cinq dollars. Tous les doigts de ses mains sont couverts de bagues en or démodées, sans aucun ornement, qui ont plus l'air d'être en bronze qu'en or, et dont le nombre, si on les compte, dépasse la douzaine." Cependant cette personne n'est pas Josefa Espejo, mais la figure plutôt inquiète de la sœur bien coiffée du Général, Maria de Jesús, qui crispe les lèvres, qui est tout entière crispée comme le passager voyageant debout dans un train en plein virage. On ne voit nulle part le rejeton légal du Général, Nicolas, qui pendant toute la durée de l'entrevue dormait – il n'avait que trois ans –, vêtu, toujours d'après Cobb, "d'un petit pantalon de coton blanc trop large, et d'une chemise du même tissu, vêtements tissés et cousus à la maison sans adresse particulière".

La veuve Rosa King, sujet britannique de Sa Majesté la reine Victoria, puis du roi Edouard VII et du roi George V, était propriétaire de l'hôtel *Belavista* de Guernavaca dans la province Morelos. Dans ses Mémoires intitulés *Tempête sur le Mexique*, elle avoue que c'est au cours de l'été 1910 qu'elle entendit parler pour la première fois d'un certain Zapata, "individu de la proche région de Cuautla, qui exhortait les gens à la révolte". Elle n'en avait pas fait plus de cas : les messieurs comme il faut n'avaient pas cessé de venir à son hôtel et elle-même n'avait pas cessé de les accueillir, décemment mise, cachant sa fille, une créature humide, sans cesse plongée dans le brouillard, telle l'Aphrodite anadyomène qui attend qu'on lui passe une serviette pour essuyer les gouttes d'eau de mer perlant sur sa peau. Elle voyait passer chez elle militaires et députés qui affirmaient que *"adonde manda capitàn, no gobierna marinero"* ("lorsque commande le capitaine, il n'est pas de mousse qui gouverne"). Mais bientôt les révolutionnaires de Zapata pénétrèrent dans Guernavaca et la veuve Rosa King fut obligée de fermer les fenêtres, de verrouiller la porte d'entrée de son *Belavista* et de s'éloigner du feu, dans la crainte que les flammes ne viennent sécher sa fille.

L'été 1916, on apprit que les troupes du gouvernement légal avaient repoussé les hordes de l'Attila du Sud, et la veuve Rosa King résolut de retourner à sa fortune. Guernavaca n'était plus que ruines calcinées par les incendies, murs variolés par les balles, portes défoncées qui grinçaient sur leurs gonds et fenêtres qui béaient comme des orbites œdipiennes. Quand elle parvint devant le *Belavista*, elle vit que la grande salle à manger, le joyau de son hôtel, était un espace désolé, une carcasse vide où venaient paître des poules et traîner des cochons.

Elle se mit au travail, prépara des commandes de rideaux, de draps et d'argenterie, la révolution était terminée, puisque la légalité était revenue. Elle courut auprès du général Pablo González, commandant des opérations, pour demander l'autorisation d'ouvrir, comptant convenir avec lui d'un bal magnifique qu'elle donnerait en l'honneur des officiers. Les souvenirs désagréables de la guerre se dissiperaient aux sons de la valse.

— Ce n'est pas le moment de parler de reconstruction, la rabroua le général. On a à peine commencé à démolir, le moral est bon, les troupes sont prêtes à ne rien laisser debout, il y aura des exécutions massives et des déplacements de populations, et la révolte fondra comme une bougie, tout comme fondra ce bandit de Zapata.

— Et nos maisons, nos fortunes ? l'interrompit Mme Rosa.

— Ecoutez, chère madame, lui répondit-il, presque en colère. Tout ça, c'est du passé. C'est fini ! Ça n'existe plus !

A côté du général Pablo González se tenait un bellâtre à la moustache fière : c'était Jesús Guajardo. Il mijotait déjà le meurtre d'Emiliano Zapata. Le bellâtre lui ouvrit la porte pour la laisser sortir et s'inclina, comme il avait appris à le faire à l'école militaire, dont il était sorti avec la meilleure mention.

Mme Rosa quitta Guernavaca, après avoir déchiré toutes les commandes qu'elle avait préparées, ce qui ne lui prit pas beaucoup de temps. Elle cadenassa la porte brisée de son hôtel, elle ne supporterait pas d'y trouver des cochons quand elle reviendrait. Un colonel d'âge mûr l'accompagnait, pour qu'elle sortît de la ville en toute sécurité. Ils passèrent par la gare et il la pria de bien vouloir le suivre, pour le cas où elle reconnaîtrait quelques-unes des baignoires qu'on allait charger sur le train du soir en partance pour la capitale du Mexique. Elles étaient alignées, étincelantes, dans un hangar, dont la porte était fermée par un cadenas. Les soldats avaient passé des jours à les astiquer, se consacrant ainsi à une tâche pacifique. Elles étaient comme neuves. Le colonel d'âge mûr avait fouillé dans ses poches, en avait retiré une clef, avait ouvert le cadenas et, toujours fort civilement, s'était écarté pour la laisser passer. Mme Rosa reconnut les plus belles baignoires de l'hôtel *Belavista*.

— J'en suis heureux, commenta le colonel d'âge mûr.

— Vous vous chargerez de les rapatrier à l'hôtel, dit Mme Rosa, avec toute la chaleur de son éducation victorienne.

— Vous savez, expliqua le militaire sans se départir de son amabilité, ces articles ont été confisqués, parce que vous les avez abandonnés. Ils ont donc maintenant une autre destination. Le train de ce soir s'arrêtera spécialement pour les prendre. Nous sommes en période de révolution.

Le grand Lénine se mit à rire.

— Nous, nous avons exécuté tous ceux qui ont osé voler, personne ne nous a échappé, dit-il à la compagnie, tandis que Nadejda Constantinova Kroupskaïa, grave, confirmait son dire en hochant la tête.

Il était de notoriété publique que les bouchers de Moscou, qui pendant l'hiver 1918-1919 avaient vendu de la viande de cheval provenant de carcasses d'animaux atteints de morve, avaient pleuré de nombreux membres de leur corporation, exécutés d'une balle dans la nuque.

— Mort aux escrocs du marché noir, avait crié Mme Rosa, oubliant son éducation victorienne.

Le train était parti depuis longtemps avec les baignoires de son hôtel et l'Armée libératrice du Sud assiégeait et occupait villes et villages, chargeant ses chevaux des munitions et des vivres que les forces gouvernementales laissaient derrière elles. Le nom du Général Emiliano Zapata était sur toutes les lèvres : ses hommes volaient et violaient moins que les autres et avaient souvent l'air du chien qui pisse à répétition quand il est loin de son domaine, pour délimiter son nouveau territoire.

— La patience n'est pas intarissable, dit Jesús Guajardo.

15

Je pardonne, disait le Général Emiliano Zapata, au voleur et à l'assassin, mais je ne pardonne pas au traître. Cette maudite engeance, il faut l'arracher. Des traîtres il ne doit rien rester, pas même la semence.

Chaotique mais tempétueux, hurlant des "Vive Zapata" (le genre de cri que le grand lénine n'a jamais eu le bonheur d'entendre), l'Armée Libératrice du Sud se propulsa sur les canons de l'ennemi, qui crachaient leurs boulets avec haine. Les gradés empalés, le rideau de la scène en lambeaux, c'était plus que le regard ne pouvait embrasser, éclairs irisés de mort, dents déchirant l'air, guenilles courant comme des broutilles emportées par le vent du nord.

— On va leur faire bouffer leur cul aujourd'hui, criait Amador Salazar, cousin du Général, éperonnant son cheval, on va les baiser !

Et quand la balle vint se ficher dans sa gorge, il ne perdit rien de sa superbe, sauf qu'il était réduit au silence et se mordait le bout de la langue. Ils avaient déniché les gouvernementaux et les avaient encerclés. C'est alors que le sombrero tomba de la tête d'Amador Salazar et que le sang commença à dégouliner de sa bouche sur la chemise sale et que son corps tomba à terre où il fut enveloppé d'un nuage de poussière, comme si son âme n'en était sortie qu'à cet instant, contrainte et forcée, comme un obus se décidant enfin à éclater.

A cette défaite de l'armée gouvernementale, on fit – en plus des trois cent vingt-deux mausers récupérés – cent cinquante-trois prisonniers, tous couverts de poussière, à se demander de quelle race ils étaient. Et Amador Salazar ayant été tué, les autres gradés – dont aucun n'avait fait l'école militaire – se grattaient la tête ne sachant que faire d'eux, le Général était resté en arrière, il fallait deux jours pour aller le trouver et rapporter ses consignes.

— Vous ne pouviez pas vous faire tuer, espèces de lâches, se mit à crier un capitaine, qu'on ne vous ait pas sur le dos ?

— Nous sommes de votre côté, répondirent-ils presque tous.

— Et vous combattez la révolution, bande de salauds ?

— On nous a embarqués comme volontaires.

— Combien est-ce qu'on vous a donné, tas d'ordures ?

— Hein ? fit un soldat pas bien haut qui saignait des oreilles, un adolescent, avec trois poils sur la lèvre supérieure.

Il s'appelait Juán Pérez Jolote (*Dindonneau*, dans le patois de son village) et on l'envoya à l'hôpital de Cuautla : il chargeait des obus et ses tympans s'en étaient ressentis.

— Quand mon père est mort, confia-t-il au Messager, nous nous sommes partagé la maison, au village. Mes frères ont pris la toiture, les cloisons et plusieurs châssis de fenêtre. Moi je me suis retrouvé avec les murs et j'ai promis à ma mère de reconstruire la maison. Elle était trop vieille pour tenir l'hiver sans fenêtres, je lui avais mis quelques tuiles au-dessus de la tête, en attendant. C'était le moment où les recruteurs passaient dans le coin et ils nous ont emmenés comme volontaires. Bien sûr qu'ils m'ont payé.

Quand il sortit de l'hôpital, Manuel Palafox, intendant général de l'Armée libératrice du Sud –, en fit son officier d'ordonnance. Juán fit la connaissance du boucher qui apportait, avant l'aube, la viande au camp et apprit ainsi que ce travail lui causait de la perte, parce que pendant tout le temps qu'il fallait pour aller jusqu'au camp et en revenir, son père ne parvenait pas à servir la clientèle : il était complètement sourd.

— Et pourquoi est-ce que ton père n'apporte pas la viande ? demanda Juán.

— Il a peur, en arrivant à la porte de nuit, de ne pas entendre le "qui va là ?" et de se faire tirer dessus par la sentinelle.

— Alors combien me donnes-tu, proposa Juán, pour que je vienne le chercher à l'heure voulue, qu'il livre la viande et qu'ensuite je te le ramène ?

Ainsi, deux heures avant le lever du jour, Juán Pérez Jolote sortait par le portail, faisait un bout de chemin, se mettait devant le vieux, qui marchait courbé sous le poids de sa charge, à pas lourds, en zigzag. Quand ils arrivaient au portail, la sentinelle bondissait, pointait son arme et criait :

— Qui va là ?

— Zapata, disait Juán.

— Donne-moi le mot de passe.

— Manuel Palafox et brelan d'as !

Mais une chose en amène une autre et tous les matins, le vieux donnait une pièce à Juán, dès qu'il l'avait fait repasser la porte pour le laisser continuer seul son chemin, le soleil était déjà haut. Leurs routes se séparaient tout à fait à hauteur d'une petite place, où une femme aux cheveux gris vendait des gimblettes à cette heure-là. Un jour, elle appela Juán et lui demanda sans ambages :

— As-tu une femme ?

— Non, madame, je n'ai pas de femme.

— Et pourquoi n'en cherches-tu pas une ? Il y en a tant ici !

— Je ne sais pas ce qu'il faut leur dire.

— Mais tu voudrais bien une femme ?

— Je voudrais bien.

— Tu sais comment c'est fait, une femme ?

— Non, madame, je ne sais pas comment c'est fait, une femme.

— N'as-tu pas une cousine ?

— Non.

— Veux-tu que je sois ta cousine ?

— Oui, madame.

— Si tu veux savoir comment est faite ta cousine, allons chez moi.

— Allons-y.

Ils allaient chez elle au coucher du soleil, à l'heure où Manuel Palafox envoyait Juán à la poste, au bureau du télégraphe, à la gare de chemin de fer, aux dépôts et chez le boucher pour payer la viande : tournée destinée à expédier les affaires courantes qui étaient réglées dans une monnaie frappée par la révolution. La maison de la femme aux cheveux gris sentait le sésame et la pâte à pain.

Cela faisait six mois que cela durait.

— Quelle chance tu as que ta cousine habite ici, ça te permet de manger un peu de nourriture correcte, avait dit le Messager qui ne se doutait de rien.

Puis l'Armée libératrice du Sud se mit en route pour de nouvelles batailles. Juán marchait aux côtés du Messager. Ils entrèrent ensemble dans un village, plièrent bagage au bout d'une semaine pour replanter la tente dans une ville où les gens faisaient pleuvoir sur eux des fleurs, des rameaux et du laurier, s'installèrent deux semaines plus tard dans une autre ville, déserte et intacte, on aurait dit que ses habitants venaient juste de l'abandonner, en laissant les casseroles de ragoût mijoter sur le feu. Ils trouvèrent donc de quoi manger. Et pendant la nuit, les coups de feu commencèrent à tomber, comme une lourde grêle, qui brisait les branches et faisait tomber les pots de fleurs du rebord des fenêtres. Ils n'avaient pas eu le temps de se lever de table où ils avaient traîné, ni de roter, l'ennemi avait déjà ouvert la porte et les avait capturés le ventre plein.

— Ils nous ont amenés ici de force, jurait Juán Pérez Jolote aux officiers de l'armée gouvernementale.

— Il dit la vérité, juraient aussi les autres convives.

— Nous sommes avec vous, c'est vous que nous attendions, les entendit dire en chœur le Messager.

— Demain, à la bataille, on vous mettra tout devant, dit un officier à la voix rauque. En première ligne, on verra bien ce qu'elle vaut, votre parole d'homme. Le premier qui essaie de passer en face, on lui tire dessus par-derrière. Si on vous fait grâce maintenant, on ne vous fera pas grâce demain.

Le Messager sortit de sa cachette, il avançait à tâtons, il lui fallut des heures pour repérer l'endroit où s'étaient repliées les forces de l'Armée libératrice du Sud. Puis il lui fallut des heures pour trouver le Général Emiliano Zapata : à l'odeur de son cigare.

— Ils attaqueront au matin, annonça-t-il.

— Bien, dit le Général.

— Il y en a pas mal qui nous ont trahis, continua-t-il.

— Ceux-là ne sont pas des traîtres, s'esclaffa le Général.

— Ça va être Moscou, intervint Jenovevo de la O.

Ils mirent le feu aux maisons de la ville, tout brûlait alentour. Celui qui montrait le bout de son nez recevait aussitôt son billet pour le monde d'en bas, il le recevait d'office aussi s'il ne montrait pas le bout de son nez. Le Messager leva son arme et tira. Il vit avec soulagement Juán Pérez Jolote tourner à l'angle d'une rue et disparaître de sa vue, loin des flammes et des dangers. Pour un peu il l'aurait entendu glousser de peur comme un dindonneau. Rentrerait-il au village pour retaper la maison paternelle ? La femme aux cheveux gris lui avait offert une grosse croix en or. Elle appartenait à son mari qui était parti se battre, on ne savait pas avec qui, et qui était absent depuis des années, ce n'était même plus la peine de demander si quelqu'un l'avait vu. Un bijou si grossier qu'il ne seyait pas à une femme de le porter.

Alors le général Munguía passa en cour martiale et pour sa défense il dit : “Comment aurais-je pu tenter une sortie pour aller affronter les révoltés en terrain découvert ? Ils se battaient en formation irrégulière. J’étais contraint de maintenir mes forces en rang serré. Sinon, nos formations risquaient de se dissoudre. La désertion est l’idée maîtresse de l’esprit des soldats. Comment aurais-je pu, moi, je le répète, ordonner à mes officiers de prendre la tête de leurs hommes et de passer à l’attaque ? Je savais que les soldats tireraient sur eux à la première occasion.”

La trahison commence là où la patience s’épuise, dit le général Pablo González à Jesús Guajardo.

16

Ils se tiennent dans leur salon, à côté du poêle, Alexis Vassilievitch Tourbine, sa sœur Eléna, vingt-quatre ans. Près d'eux Nicolka, qui a eu ses dix-sept ans, gratte sa guitare, chante des chansons tsaristes. Sa voix s'élève :

… Puissant, invincible,
que ton règne soit grand.

— Un peu plus fort, veux-tu, petit frère, l'exhorte Alexis.

— Ça suffit, explose Eléna. Quand on nous obligeait à chanter ces idioties, on s'arrangeait pour changer les paroles et en rire. Pourquoi tant d'émotion à présent ? Les coups de pied des bolcheviks sont trop cuisants ?

— *Kot, kot* (chat, chat), fait Nicolka, pourquoi sors-tu les griffes ?

— Il a bu, le sale gamin, grommelle Eléna. On a endossé la tenue de sous-officier et on se prend pour un homme.

— *Kit, kit*, (baleine, baleine), ironise Nicolka, cesse de cracher des jets d'eau, tu nous asperges, c'est l'hiver et nous avons froid.

— On nous a volé les bûches, dit Alexis. Je suis allé chercher du bois pour le poêle, et j'ai trouvé la remise grande ouverte – il n'en restait même pas la moitié. Quelle époque terrible.

— Je me rappelle, murmura Eléna, quand après la mort de maman, on disait que tout irait bien. Maintenant, je me demande quand tout cela sera fini. Mais il n'y aura pas de fin. Et le pire est que nous ne devons pas perdre courage. L'abattement est inadmissible. De toute façon, de grandes épreuves nous attendent.

— Qui viendra dire à ce pauvre Lénine que ses bêtises sont insupportables ? prit le relais Alexis. Gorki lui en a dit de toutes les couleurs dans *Novaïa Zijn*, il l'a traité d'aveugle, de fanatique, d'aventurier irresponsable, d'esclave du dogme, d'homme rongé par le poison pernicieux du pouvoir.

— Oui, mais attends un peu, rit Nicolka, tu verras qu'il trouvera bon encensoir pour l'encenser, il va nous l'appeler bonheur de l'humanité.

— Dans peu de temps, continua Alexis, on donnera raison à ce rêveur de Bakounine, celui qui divise l'histoire de l'humanité en trois grandes ères : matriarcat, patriarcat et secrétariat. La révolution crèvera dans les bras du secrétaire général du parti.

— Merveilleux, s'écria Nicolka.

— Imagine-toi, dit Alexis, que sur le questionnaire que Lénine va remplir pour les archives du parti, il déclarera faire le métier d'"écrivain" !

— N'allons jamais à Moscou, conclut Eléna Vassilievna Tourbine.

Des foules s'éloignent dans la bousculade de la Moscou de Lénine et s'arrêtent dans la Kiev des Tourbine : des hommes d'affaires aux tempes grisonnantes, accompagnés de leurs épouses accablées, suivis de personnages insignifiants de divers calibres et de banquiers qui ont laissé derrière eux des représentants capables de jeter un pont entre leurs intérêts et le monde nouveau, qui, lave immonde et bourbeuse, fait surface ; plus loin des sujets colorés, cocottes et noceurs, pédérastes et putains de bas étage alanguies par la cocaïne. Princes et artistes encadrent ce peuple, élu et abandonné par ses pénates, qui remplit jusqu'à l'asphyxie le majestueux club PAL *(Peintres, Artistes, Littérateurs)* de la rue Nicolaïevski.

Ils haïssent tous les bolcheviks. Pas de cette haine qui vous pousse à les combattre, mais de la haine du serpent, qui choisit de rester dans l'ombre et de surgir là où on ne l'attend pas : à côté de votre verre de lait. Ils les haïssent dans leur sommeil en faisant des rêves épouvantables, le jour dans les restaurants où ils lisent les journaux qui écrivent avec des expressions soignées et précises que les bolcheviks ont tué d'une balle dans la nuque (pourquoi pas dans le cœur ?) les officiers respectables, les citoyens honorables. Et ils ont de brillantes maximes pour illustrer leur haine : "L'honneur est un poids superflu pour le Russe" ou : "Si tu te réveilles sans caleçon, ne va pas t'asseoir sur le hérisson." Ils ont aussi des boutades de toutes sortes, comme : "Nous sommes venus en train de Moscou. Nous avons fait un voyage révolutionnaire : une heure de trajet pour deux heures d'arrêt !"

Alors domicilié en permanence à Kiev, Mikhail Boulgakov fut par le fait témoin des événements. La concierge de son immeuble, situé rue Andreïevski, au numéro 13, se le rappelle avec peine.

— Quoi ? s'étonne-t-elle. Michka ? Michka écrivain ? Mais c'était un médecin raté, le pauvre. Il ne soignait que les blennorragies !

De la vie dans la ville de Kiev pendant l'hiver 1918, Mikhail Boulgakov tirait, cinq ans plus tard, une pièce de théâtre intitulée *les Journées des Tourbine* : c'était une commande du Théâtre d'art de Moscou. Le rideau se levait sur des personnages raffinés, qui évoluaient dans une maison bien chaude et laissaient parler de la couleur de leur vie les hortensias, les vins du Rhin, les nombreux vieux livres qui sentaient le chocolat rance. A intervalles réguliers, quelqu'un frappait à leur porte et, lorsqu'elle s'ouvrait, le bruit de la guerre lointaine se faisait entendre, le froid de la neige pénétrait et les nouvelles du monde envahissaient la pièce : les Tourbine, leurs amis étaient des partisans fanatiques du régime tsariste et – de toute évidence – il n'était pas question pour eux de sortir de leur illusion comateuse. Ils étaient gênés par la fête, le manque de grâce des braiments qui clamaient que la révolution avait trouvé le point de levier d'Archimède et soulevait la terre entière. Les Tourbine commettaient à loisir le crime de rejeter le bonheur que la révolution entendait assigner à tout le monde. Ils s'obstinaient à prétendre que le bonheur est une affaire personnelle et qu'il n'existe pas de volonté UNE qui soit la volonté de tous.

Les représentations du Théâtre d'art de Moscou avaient un succès énorme et Joseph Vissarionovitch Djougachvili trouva quinze fois une place à l'orchestre. Après quoi, il traça les lignes suivantes : "En ce qui concerne directement la pièce *Les Journées des Tourbine*, elle n'est pas si mauvaise que ça : elle est, en effet, plus profitable que nuisible. N'oubliez pas que la marque essentielle qu'elle laisse chez le spectateur est celle d'un sentiment favorable aux bolcheviks : si même des gens comme les Tourbine sont obligés de mettre bas les armes et de s'incliner devant la volonté du peuple, reconnaissant ainsi leur cause comme définitivement perdue, cela signifie que les bolcheviks sont invincibles, qu'il n'y a contre eux, les bolcheviks, rien à faire. *Les Journées des Tourbine* sont une démonstration de la toute-puissance du bolchevisme. Que l'auteur, dans cette démonstration, ne soit personnellement pour rien, c'est sûr. Mais quelle importance ?"

Je n'ai pas réussi à trouver où figure ce texte si exempt de remous et si plein de sens. Je prends donc le risque de supposer qu'il s'agit d'un essai d'écriture d'un ancien séminariste, élève de popes exaltés. Dans ce texte, l'ancien séminariste, dont le nom complet était Joseph Vissarionovitch Djougachvili Staline, dépasse en efficacité le grand Lénine lui-même, qui quittera bientôt ce monde et craindra un tel successeur. Notons en passant que je nourris plutôt de l'admiration pour le camarade Staline : personne d'autre n'a reçu le nom de "petit père des peuples" et ce n'est pas peu que les gens, dans des pays distants de milliers de verstes du Kremlin, aient pleuré sa mort pendant des dizaines d'années.

Je ne peux m'empêcher cependant de noter combien un petit père peut perdre ses mots, en perdre le sens et s'empêtrer dans des affirmations indéfendables et indignes de lui. Qu'avaient donc de particulier les Tourbine, pour que, "en mettant bas les armes et en s'inclinant", ils apportent la preuve que les bolcheviks sont "invincibles" ? Quant à l'expression stéréotypée de "s'incliner devant la volonté du peuple", est-ce vraiment là la volonté du peuple ?

Je ferais preuve d'indulgence si les choses en restaient là. Mais l'essai d'écriture du petit père est d'une impudence qui m'effraie : le mot "révolution" n'est nulle part, les bolcheviks et le bolchevisme sont partout. Le petit père, à l'instar de tant d'autres, n'évite pas l'erreur fatale de se livrer à une démonstration de force au détriment d'un texte, oubliant que les textes survivent à ceux qui les outragent, et que cette pérennité les venge. Le docteur Mikhail Boulgakov était, comme nous en avons le témoignage, particulièrement malin et n'a pas commis l'erreur de ne pas donner le sang de son âme en pâture à ses textes. Et cette abnégation, que je vois faire défaut à Joseph Vissarionovitch Djougachvili Staline, l'a sauvé de la liquidation. Tout malade fait preuve de respect et de crainte devant son médecin.

Mikhail Boulgakov est mort le 10 mars 1940. Le même jour – le lendemain matin peut-être – le téléphone a sonné dans son appartement. C'était le secrétariat du camarade Staline.

— Est-il vrai que le camarade Boulgakov est mort ? fut la question.

— C'est vrai, fut la réponse.

La communication téléphonique avait pris fin.

De deux choses l'une : ou bien le petit père s'est intéressé à un écrivain qui lui avait envoyé une lettre où il se plaignait d'avoir été écarté de la vie littéraire officielle et où il exprimait sa conviction que l'écrivain doit être libre, ou bien le malade désirait s'assurer que le docteur Boulgakov ne lui administrerait plus jamais le traitement *Journées des Tourbine* et qu'il pourrait désormais vivre en compagnie de son incurable blennorragie.

17

Je n'ai jamais pris part à des marches, à des manifestations ni à des protestations : j'étais par nature plutôt méfiant vis-à-vis de ces mouvements de masse. Est-il possible que tous soient animés d'une même pensée et d'un même désir quand ils crient ? Qu'est-ce qui unit alors les individus qui constituent ces foules devant lesquelles tremblent le pouvoir, la raison et la loi ? Quelle forme de menace réside donc dans les pancartes, les slogans et les dissonances, m'obligeant à me prosterner devant le bonheur qu'ils exigent et pour lequel ses partisans sont prêts à sacrifier jusqu'à leur vie ? J'ai toujours craint que les foules ne m'écrasent : citerne de héros où je n'ai jamais voulu plonger, demeurant étranger, quelque chose comme un traître. Quelle épouvantable marchandise que ces coteries qu'on retrouve dans tous les bazars de l'Histoire.

Je ne cesse de me sentir fier d'avoir su rester en dehors de ces mobilisations, de ces revendications, résolutions, déclarations, de cet interminable verbiage. Je n'ai donc pas à me plaindre d'avoir été dupé par les meneurs de ces piétinements, d'avoir fait preuve de courage – par mes activités d'afficheur, mon endurance à la marche, la puissance de mes poumons, la garde, les heurts avec les forces de l'ordre qui de temps à autre molestaient ou descendaient quelqu'un et les rues étaient jonchées de chaussures laissées derrière eux par les manifestants pourchassés –, je n'ai pas, dis-je, à me plaindre d'avoir fait preuve de courage en pure perte, en constatant que non seulement tout est resté en place, mais qu'on s'est abrité sous les toits qu'on menaçait de détruire. Je suis heureux que mes actes ne me doivent rien. Je ne suis pas resté à me lamenter sur les souvenirs de ces caquetages qui n'ont pas donné d'œuf. Mais ceux qui assimilent leur participation à un acte hautement social, moral et politique, et se sont concertés ou sont convenus de le saluer comme une victoire irréfutable devant se convertir en pouvoir, où le bonheur de chacun de nous prend obligatoirement sa source, ne sont que des rebuts et des saligauds que je ne daigne même pas écraser sous ma semelle. Ce sont des individus que je me réjouis de voir méprisés par l'Histoire.

Si vous saviez, Chère Demoiselle, comme je suis las de la résistance que je dois opposer à cette foule sans visage afin de conserver ma vie et de ne pas succomber. Si ces sujets étaient en proie au frisson de l'immoralité, je me montrerais plus compréhensif : je comprendrais leur angoisse et je pourrais penser en termes de séditions, de soulèvements et d'épurations. Mais comment combattre la misère de la nullité, l'assèchement de ce qui n'a pas de profondeur, l'égoïsme du formel, l'arrogance de celui qui sait qu'il n'aurait pas de place au soleil ? Comment lutte-t-on contre le crime du combattant, du partisan, du commissaire, du membre du parti ? Comment punit-on, pour servir d'exemple, un homme qui ne réalisera jamais l'horreur de ses actions ? La vie, Chère Demoiselle, est trop belle pour que je veuille la prostituer en frayant avec les impitoyables.

Nous avons engagé dix soldats japonais placés sous les ordres d'un officier français, à qui nous avons donné la consigne de garder notre propriété. Je ne ressens aucun remords à être aisé. J'ai préféré m'enfermer chez moi plutôt que de me souiller de vulgarité. Je me suis abandonné à mes penchants : le phonographe fonctionne quasiment jour et nuit, des disques d'arias d'opéras –, chantées par Caruso et Chaliapine –, des chansons de Carlos Gardel, elles viennent de sortir, je vous en cite quelques-unes à titre indicatif : *Chanson éternelle*, *Ma triste nuit*, *Fleur de fange*, avec José Ricardo à la guitare. Et quand j'ai des crampes à la main à force de remonter le phonographe, je me mets au piano de ma pauvre mère et je m'efforce de jouer quelques mesures des *Tableaux d'une exposition* de Modest Moussorgsky, qui est mort, vous n'êtes pas sans le savoir, en 1881, dix ans après la chute de la Commune de Paris, survenue au moment où Vladimir Ilitch Oulianov venait d'avoir un an.

A cet instant, toute la maison fut ébranlée par une épouvantable cacophonie : la marche passait sous mes fenêtres, avec des chants de guerre, plus précisément *la Marseillaise*, *l'Internationale*, l'hymne de Cromwell, les dodécaphonismes des Molochs autrichiens, les mugissements de Corses bravaches porteurs de pistolets et voleurs de bétail, c'est-à-dire les sons bien connus d'*Avanti, Popolo, per la risposta*, le tout chanté dans le désordre et pêle-mêle. J'ai donc mis le nez à la fenêtre, Chère Demoiselle, et j'ai dit : Voici le Siècle des lumières. Je vous assure que je n'avais pas devant moi une troupe invisible passant, avec des airs exquis, avec des voix, ce qui m'aurait permis de dire adieu à cette ville, à la province Morelos, à ma propriété et d'intituler ma capitulation "Dieu abandonnant Louis Pimentel", propriétaire de terres au Mexique, descendant de républicains français, lesquels, chassés sous l'Empire napoléonien, mais également ensuite par la restauration des Bourbons corrompus et détestables (bien que la jeune Pimentel fût montée sur l'échafaud et qu'elle eût été décapitée par la guillotine de M. de Robespierre, en l'an 1793 et en pleine ascension professionnelle de l'accusateur public Fouquier-Tinville), arrivèrent en ces lieux et, grâce au produit de leur dur labeur, édifièrent la demeure à deux étages qui se trouve au milieu d'une étendue de cinquante et trois ares, ne pouvant agir autrement, étant donné qu'on ignorait toute autre forme d'investissement en cet Etat et je vous prie de noter, Chère Demoiselle, que dans les pays où les modes de circulation de l'argent ont évolué et où la richesse ne s'est pas uniquement traduite en arpents de terre et autres biens visibles, le peuple a conservé l'impression d'un enrichissement possible et a évité les mouvements subversifs, lesquels ont été perçus comme un danger plutôt que comme l'espérance d'un changement. Et voyant l'importance de la foule et de la houle, j'ai crié : "Qui les a laissés passer ? Où sont nos soldats ?" L'officier français arriva tout en nage. "Votre frère, m'annonça-t-il, nous a trahis ! Il a payé les Japonais et leur a demandé de quitter les lieux !" Je m'approchai à nouveau de la fenêtre et comme préparé depuis longtemps, je regardai le fleuve d'hommes puant couler à mes pieds, criant que les Pimentel étaient des voleurs et exploitaient le peuple. Ce fleuve puant rinça mon frère aussi, qui me lança : "Viens avec nous !" Je vous avoue, Chère Demoiselle, que si j'avais eu une arme, je lui aurais volontiers planté une balle dans la nuque.

Je vous écris, Chère Demoiselle, pour vous faire connaître en toute franchise, certain que vous me comprendrez, que les événements que je vous décris et les déroulements qu'ils laissent augurer ne me permettent pas de me présenter devant vous et de mettre mes sentiments à votre service, mais j'ose espérer que des jours meilleurs viendront et que je ne serai pas privé de la joie de vous rencontrer et de rendre officielles mes propositions, où je serai le plus heureux des mortels pourvu que vous acceptiez de leur prêter assistance.

In the meantime, I remain,
Faithfully yours,

P.-S. : Je vous prie de ne pas prêter foi aux rumeurs selon lesquelles notre éternellement mémorable Général Emiliano Zapata aurait envoyé un message à l'Attila de Russie Lénine. J'ai été témoin auriculaire de la conversation suivante entre le Général et Enrique Villa :

Enrique Villa : Que penses-tu, toi, Emiliano, du communisme ?

Notre Général : Explique-moi un peu de quoi il retourne.

Enrique Villa : Par exemple, c'est que tous les habitants d'un village cultivent ensemble ou en commun la terre qui fait partie de leur lot et ensuite l'ensemble de la récolte ainsi acquise est partagé d'une façon rigoureusement équitable entre tous ceux qui, par leur travail, ont contribué à sa production.

Notre Général : Et qui va se charger de faire le partage ?

Enrique Villa : Un représentant ou un groupe élu par la communauté.

Notre Général : Moi, pour ma part, je peux te dire que si quelqu'un, là, comme tu dis, voulait disposer des fruits de mon travail de cette manière, je lui servirais une bonne giclée de balles.

Chère Demoiselle, le communisme est une affaire que dans les siècles à venir on considérera comme nous considérons aujourd'hui l'alchimie. Ce n'est qu'une autre forme de la quête de la pierre philosophale.

La fille de Mme Rosa King lut avec beaucoup de peine les calligraphies de cette missive, certaine de n'avoir jamais fait la connaissance d'aucun M. Pimentel *(He had never been introduced to her)* et, en tout cas, il ne lui avait certainement jamais fait part de ses intentions. Elle comptait relire ce qu'il avait écrit et n'en rien dire à sa mère : cette lettre lui semblait être l'œuvre d'un emportement divin, c'est-à-dire un fruit que les humains dégustent seuls et en secret.

C'était la première qui sortît de la plume de Louis Pimentel. Quelques jours plus tard, il fut conduit par son frère Joachim à l'asile d'aliénés de la ville de Mexico, parce que, à l'aide du cornet du phonographe, il ne cessait de crier : "A bas l'alchimie !" Là, il fit la connaissance du gardien qui se chargea moyennant finances de porter tous les jours des lettres de longueur analogue à la Chère Demoiselle. Le porteur empochait le salaire de sa peine et jetait l'enveloppe aux égouts. C'est ainsi que pendant longtemps, les réseaux souterrains d'évacuation des déchets et eaux sales furent parcourus de tendresse. En surface, il avait touché le fond et n'embêtait plus personne, pas même la Chère Demoiselle, qui, desséchée et fanée, ressemblait aux familières dames anglaises qui ont vieilli en restant fidèles à leur idole.

18

La tentation toujours présente de laisser glisser le récit vers des aventures, des événements imprévisibles et édifiants. Ce à quoi nous sommes accoutumés et que nous ressentons un soulagement à confirmer. Il n'est pas nécessaire que le voyage se déroule par voie de terre, sous prétexte que le Messager se déplace à cheval. Le plus facile est de l'imaginer en train de parcourir de vastes étendues de la partie nord du continent américain et, via Winnipeg, le détroit de Béring, Verkhoïansk en Sibérie orientale, de se diriger toujours vers l'ouest jusqu'à Moscou. Plus courte cependant est la route qui passe par l'Atlantique et traverse la vieille Europe, avec l'aide des pancartes disposées sur les grands axes, pour arriver à Moscou. Nous pouvons imaginer autant de détours que nous voulons : du Groenland et de l'Islande aux fjords de la Norvège, ou de la péninsule du Yucatán et de Cuba aux îles du Cap-Vert, puis vers la chaîne de montagnes de l'Atlas et le long de la Méditerranée jusqu'à la péninsule du Sinaï, où les traces des caravanes conduisent à la mer Caspienne : de là, on atteint facilement Moscou. On ne manque donc pas de matière pour ce genre qui ne cessera de nourrir la curiosité et l'admiration.

La question ne semble pas être l'itinéraire. C'est plutôt l'enveloppe transportée, à l'intérieur de laquelle se trouve plié le papier où est inscrit le message. Beaucoup ont souligné le fait que de telles missions, comme le transport d'une caisse, missions dont la durée équivaut à une vie entière, se sont révélées vaines et absurdes, la caisse ayant finalement été trouvée vide, sans pourtant avoir jamais été forcée. Ceux qui se sont chargés de telles missions peuvent conserver la satisfaction d'avoir partagé peines et amertume avec d'autres compagnons et le sentiment que si tant d'hommes ont été floués, il ne s'agit pas d'une défaite, mais d'un dérapage de l'Histoire. Et puis, une tromperie ou une déconfiture totale peuvent être appelées victoire, c'est-à-dire la promesse de pouvoir à l'avenir rebaptiser, reconstituer, réhabiliter, renaître.

Mais qui fait preuve d'intérêt, qui fait preuve de compassion, lorsqu'un homme solitaire qui ne figure jamais dans les vers d'une épopée ou d'une tragédie, les lignes d'un roman ou les colonnes d'un journal, un homme non répertorié, semble, comme la poussière, être en suspension dans l'air, se déposer, être chassé et se redéposer ? Le monde est plein d'hommes de ce genre, fâcheux et arrogants. Risibles quand ils sont pénétrés de l'idée que leur message s'adresse à la terre entière, qui reste toujours indifférente, qui se contente d'exister, imperméable et débridée, sourde, aveugle et muette ou bien toute à ses bacchanales et à ses orgies qui la laissent alanguie. On voit mal comment on pourrait discerner le caractère naturel qui confirme la nature dans son impossibilité d'accuser réception du message ! Comment la littérature pourrait-elle accueillir un tel personnage, elle qui se plaît à expliquer, à démontrer et tend fortement à diriger et à soigner ? Comment la science pourrait-elle se pencher sur lui, elle qui se plaît à régler, à définir, et tend fortement à généraliser, ennemie des effets secondaires ? Comment la technique pourrait-elle s'intéresser à lui, elle qui connaît méthodes et systèmes, prête serment aux procédures et au progrès, avec une forte tendance à étouffer le particulier ?

Donnons une définition : n'est pas messager celui qui veut prouver la vérité de tout ce qu'il a pensé dès le début. Aucune ville de Moscou ne l'attend donc et il sait ainsi en effet "ce que sont les villes de Moscou". Ithaque attend son Ulysse. Ulysse a un fils, une femme, un foyer, un chien, un berger qui le reconnaîtra à ses marques. Il a lui aussi des marques à révéler, pour que les siens et sa maisonnée le reconnaissent. La pensée des siens, tout entière tournée vers lui, rend son arrivée certaine. Il peut donc se permettre d'errer, d'oser et de provoquer. Et peut-être le Poète d'*Ithaque* devait-il donner cette indication, pour nous qui avons peur de ses vers et nous efforçons de ne pas manquer le bon voyage.

Le grand Lénine ne risque pas de s'inquiéter du retard du Messager, de se fâcher parce que sa venue ne s'accomplit pas et que son absence est criante : le Messager n'a aucune place dans sa pensée qui de toute façon ne se tournera jamais vers les retardataires, prisonnière comme un tournesol du soleil de l'avenir. Ne vous irritez pas, très chers, je ne compare pas l'ingénieux Ulysse avec le Messager, qui résonne comme un râle. J'essaie d'adoucir les angles de son désavantage.

Le Messager à cheval (il m'est impossible de me le figurer piéton ou passager) se distingue : l'inefficacité de l'entreprise ne lui apparaît pas, même s'il reconnaît qu'il n'y a que très rarement un bon moment pour démarrer et que finalement il n'existe pas d'osmose entre l'action et le moment. Il cheminera donc, certain que son acte trouvera son moment, certain que Lénine sera là pour recevoir le message de son Général, que l'Histoire sera ornée de quelque chose d'intolérable, comme l'est la route qui mène du sud du Mexique à la porte du Kremlin. Il a besoin de son cheval pour ne pas se fatiguer, pour ne pas s'arrêter dans un endroit désert, aride, agrémenté d'un arbre unique, où il attendra que Godot veuille bien paraître ou au moins donner des indications. Il est impossible qu'il se métamorphose en une autre personne qui lui succéderait. Après, le vide.

Qu'adviendra-t-il s'il arrive à destination (supposons qu'il n'est pas arrivé) et si Lénine reçoit l'enveloppe fermée (ce qui a peut-être été le cas) ? Qu'adviendra-t-il si sa mission prend fin de façon heureuse et si cette issue lui est reconnue comme un triomphe et comme une Victoire Sans Ailes ? Ne vous irritez pas, très chers. Cela ne fera aucune différence : dans le jeu du temps qui se fait cheminement et impasse, tout se développe et se gagne, pourrit et se perd sur place, comme il est nécessaire, dans l'ordre du temps. L'histoire humaine abrite aussi – qu'elle le veuille ou non – l'insignifiant et l'insipide. Il est absolument dans l'ordre des choses que chaque époque soit possédée par ses propres idéaux, c'est-à-dire ses propres formes de bêtise. Le besoin de médiocrité, besoin presque vital, domine tout. Il s'allie à la loi de l'inertie, à l'énorme puissance du compromis. Le terrain de l'histoire vivante est jonché des cadavres des compromis, qui sur leur toile de fond s'entrelacent les uns avec les autres pour former la corde indestructible qui étrangle chaque cou. Je suis prêt à admettre qu'entre le Général, que son compromis a tué, et le grand Lénine, que son compromis a préservé dans un Mausolée, le seul à ne pas être écrasé et étranglé est le Messager.

Il sait que la révolution échoue, parce que la vie ne s'enflamme pas du désir de la suivre. Il sait que là où le charme du Monde s'est tari, la révolution est la tentative désespérée et vaine de faire renaître un peu de charme. De rendre un peu de saveur à la vie, de la stimuler : comme le professait haut et fort le marquis de Sade.

Il sait qu'il se trouvera quelqu'un pour dire : “S'il est vrai que le Messager voyage – et que le bruit des sabots de son cheval, tantôt proche, tantôt lointain, le certifie – j'ai un désir irrésistible : le rencontrer dans quelque auberge, car il doit bien s'arrêter de temps en temps pour laver son visage de la poussière qui le couvre, comme il emprunte des chemins escarpés et difficiles, changer les fers usés des sabots meurtris de son cheval, avaler un morceau et reposer son corps. Alors je me glisserai le soir près de lui, pendant qu'il ronflera plongé dans son rêve où il se verra atteindre son but, pour subtiliser le message qu'il porte sur son sein et le lire. Et si je me laisse quelquefois abuser, prenant pour un messager un autre homme qui lui ressemble, ne trouvant pas le message sur son sein, ma curiosité n'en est pas moins forte. Je temporise dans l'espoir de tomber un jour sur le vrai Messager, car je trouve ennuyeux et insipide de rester accroupi au bord de la route où passera le Messager, pour ne voir passer devant moi qu'un énorme mystère, les bras ballants, de peur de me salir les mains en fouillant dans ses haillons souillés qui recèlent le message."

19

En 1914, Manuel Palafox avait à peine vingt-huit ans : méticuleux, clairvoyant, passionné, déterminé, hautain et incroyablement actif, il s'était vu confier, quelques semaines plus tôt, le ministère de l'Agriculture : c'est à cela que se résumait la présence des révolutionnaires du Sud dans le gouvernement, après la chute du général Huerta, Venustiano Carranza s'était démarqué, ce n'était pas ce qu'il voulait.

Manuel Palafox avait installé son état-major à l'hôtel *Cosmos* de la ville de Mexico, dans l'hôtel international le plus prestigieux de la capitale, équipé entre autres choses de deux téléphones, 12, rue Saint-Jean-de-Latéran. Au journaliste qui s'y présenta le jour de son entrée en fonctions et qui lui demanda s'il comptait s'occuper de la "question agraire", le ministre répondit :

— Non, monsieur, il n'est pas question pour moi de me consacrer à l'étude. J'ai amplement étudié la question agraire. Je vais m'attacher à la mettre en application.

Après ces déclarations, publiées dans le journal *Exelsior* du 14 décembre 1914, des informateurs des Etats-Unis au Mexique rédigèrent en hâte des rapports à l'intention de leurs supérieurs, respectivement datés des 17 et 20 décembre, où ils disaient qu'ils avaient devant eux "un sujet qui allait créer des complications qu'il aurait été possible de prévenir". En d'autres termes, le jeune ministre était "un entêté dont les furieuses idées socialistes n'allaient pas aider à régler les problèmes de façon profitable pour son pays".

Je ne voudrais pas me laisser aller à porter des jugements sur les rédacteurs de tels textes, dont j'apprécie le franc-parler, la conscience professionnelle et, entre beaucoup d'autres choses, le penchant pour les solutions sans recours, clairement reconnaissables pour le lecteur sachant lire. J'accuse même ma mère, qui pourtant ne cessait de me faire la leçon, de ne m'avoir jamais conseillé d'embrasser cette profession, qui me procurerait la satisfaction de rappeler, en penchant légèrement la tête de côté, aux destinataires de tels rapports, quand les choses prendraient un tour désagréable pour leurs affaires :

— Je vous l'avais bien dit, moi. Et par écrit de surcroît !

Pour m'attarder sur le sujet, je suis conscient du plaisir qu'on aura certainement à faire un tel usage du corps de la langue. Une enquête montrerait que les gens de cette farine fréquentent les maisons de tolérance, c'est-à-dire des endroits clos où de façon programmée et moyennant une certaine somme, le candidat entre et se livre à la chasse au plaisir, chose que le marquis de Sade s'est toujours refusé à bénir et que par conséquent nous pouvons considérer comme antirévolutionnaire.

Mais assez de bavardages, la terre fut partagée dans les villages comme avait menacé de le faire le *Programme d'Ayala* et comme l'illustraient des expressions du genre "notre Petite Mère la Terre, celle qu'on appelle Patrie". Mots dont le sens échappait à la compréhension d'autres informateurs, du président des Etats-Unis cette fois, qui se contentaient de plates constatations comme : "Le Général pense qu'il est juste de rendre aux pauvres la fortune des riches."

Aujourd'hui, une foule d'érudits nous assurent que le passage de la vie rurale à la révolte, et de là à l'utopie, a été naturel : les villages étaient de petites unités qui ne comprenaient pas ce que signifiait le pouvoir central, vivant isolées et en autarcie et ne désirant rien d'autre que de continuer à exister. Les analystes parlent d'"anarchisme naturel", affirment qu'Emiliano Zapata avait lu les œuvres de Kropotkine, produisent des lettres adressées au Général, comme le grand Lénine n'en a jamais reçu :

"Notre Défenseur (ou "notre Sauveur", "Chef", "Fléau des Traîtres", etc.), en ce lundi 17 du mois, nous avons reçu l'ordre supérieur de cesser tout à fait nos semailles et nous nous tournons vers toi, comme vers le père d'enfants qui n'ont pas atteint l'âge adulte, pour que soit appliqué ce que prévoit l'article 6 de la loi du *Programme d'Ayala*..."

"Nous, familles veuves, éprouvées et malheureuses, qui avons subi avec amertume l'indigne Gouvernement qui nous a privées de nos semailles et nous a amenées à un état de misère extrême, où il ne nous est pas possible de trouver du travail pour gagner cinquante ou cent centavos, nous te demandons à toi, Chef Libérateur du Sud, d'être miséricordieux et de nous faire l'aumône d'un peu de maïs..."

Manuel Palafox projetait, de son ministère, la fondation de banques, d'écoles agricoles et la construction d'une usine nationale d'outils agricoles. Et le Général dictait : "Maintenant qu'il y a de l'argent, nous devons venir en aide à tous ces pauvres gens qui ont tant souffert pendant la révolution. Il est absolument juste qu'ils soient aidés, car qui sait quelles épreuves les attendent ? Mais quand cela arrivera, ce ne sera pas ma faute, mais celle des circonstances qui ne manqueront pas de venir."

Avant la fin de l'été 1915, on avait fait et distribué les premières récoltes, on avait organisé des marchés populaires, les arpenteurs avaient délimité les terres qui revenaient aux villages, les enfants baguenaudaient rassasiés. La province Morelos recommençait une vie dont elle avait entendu parler : les habitants portaient leurs costumes traditionnels, se tutoyaient entre eux, se divertissaient avec des combats de coqs et des courses de chevaux. C'est de cette époque que date l'éphémère hymne national de la province Morelos :

Le coq chante au point du jour,
les paysans se hâtent au labeur
pour travailler tout le jour,
salut, peuple éternel des campagnes !

Vois les filles tordre le fil
ou se pencher sur les métiers,
travailler le bois, rouler le tabac,
salut, peuple éternel des campagnes !

Ils n'ont que faire des grandeurs,
simple est la vie qui est la leur.
Ils ont les gouttes d'or de leur sueur,
salut, peuple éternel des campagnes !

Et quand le soir venu ils cesseront le travail,
les garçons et les filles deux à deux
oublieront leur fatigue en chantant,
salut, peuple éternel des campagnes !

Le Général Emiliano Zapata s'était installé à Tlaltizapán, le petit village aux lauriers hauts et touffus, à la rivière qui se ramifiait en ruisseaux et en canaux. Il habitait dans un vieux moulin, où il recevait quiconque désirait le voir, et il passait ses soirées sur la place avec ses hommes, parlant de temps en temps de coqs et de chevaux, plus rarement des pluies et des prix, jusqu'au moment où les villageois se rassemblaient, se mêlaient à la conversation et mettaient leur grain de sel. Alors, le Général allumait un cigare et le fumait jusqu'au bout, lentement, les yeux mi-clos, silencieux. Et quand Amador Salazar organisa des corridas un peu plus loin, à Yautepéc, tous les gens de Tlaltizapán y allèrent, cela leur plut. Et le Général descendit de son cheval et fit face au taureau. Tout le monde retenait son souffle.

Comment les choses commencèrent-elles à se gâter, avant même que le mois de juillet 1915 n'ait eu le temps de parvenir en son milieu ? Est-ce donc que l'idylle ne doit jamais être consommée ? Est-ce qu'elle doit à jamais demeurer une menace, comme dans le récit que nous a fait Nicolas Contat à propos des chats, du Bourgeois et de sa Jouvencelle ? Peut-être l'idylle est-elle ce qui vient juste avant le dernier soupir, qui relâche les sphincters et qui, avec la puanteur, souligne l'impossibilité de la résurrection ?

Ce n'était pas la faute des affrontements qui avaient repris, ni des commerçants qui avaient cessé d'accepter les billets émis par la révolution. Ce n'était pas le renversement d'un édifice : il s'agissait de desquamation, d'ablation d'enduit, qui finit par ne laisser ni chair ni os : juste une image, le sein de la Liberté sur le tableau de Delacroix, son visage tourné vers l'arrière, la bouche ouverte dans un cri de terreur : elle voyait le cadavre de la terre, du bonheur, de la stabilité.

A n'en point douter, le Général Emiliano Zapata en aura parlé dans son message. Il aura décrit comme de raison l'épanouissement de sa vision, ce moment trop court d'insouciance, le goût de son cigare. Il se sera peut-être permis d'attirer l'attention du grand Lénine sur certains points qui laissaient soupçonner que la révolution est éphémère. Il aura mis l'accent sur son effort pour faire entendre raison à ses aides de camp, qui se méfiaient les uns des autres et devenaient nerveux, certains d'avoir été piégés dans une cage sans confort ni valeur, habitués à demander sans prendre. Il aura signalé que les *Déclarations à la Nation*, comprenant des accusations contre les "sycophantes" et des analyses du "combat fratricide qui souille de sang la Patrie", étaient aussi puériles que les prévisions optimistes de beaucoup de ses collaborateurs disant que "la situation va dans le futur immédiat tourner à notre avantage et que nous allons alors créer dans tout le Pays, comme nous l'avons toujours désiré, Coopératives et Répartition de la terre, le plus sûr moyen de balayer la réaction". Enfin, il aura terminé son message – une page en tout et pour tout – en disant combien il se réjouissait de ne pas avoir de jumelles et ainsi de ne pas voir les détails de l'armée du gouvernement fédéral, qui, toutes bannières déployées et des truands, des traîtres et des fidèles de la veille à l'avant-garde, marchait droit sur lui, en braquant ses jumelles sur les drapeaux blancs de la reddition, tristes pièces de tissu, que hissaient dans les rues, sur les places et à leurs fenêtres les habitants des villes et des villages, pour échapper aux incendies, aux pillages, aux saccages et pour sauver leur vie. Et on savait bien que les révolutionnaires faits prisonniers, quand ils n'étaient pas fusillés, étaient entassés dans des trains et partaient loin, il leur était offert "l'occasion de travailler sous la surveillance des autorités politiques et militaires de l'Administration, afin d'être rendus en individus utiles à la société et à leurs familles".

En 1917, la province Morelos était un trou à lézards et à archéologues. Les villages s'étaient vidés de leurs habitants. Les champs étaient en friche et l'ivraie s'enhardissait. Les vieux notables traînaient leurs pieds loin de là ou étaient morts. Et on avait fondé le Centre de conseil pour la propagande et l'unification révolutionnaire, dont le rôle était d'organiser des conférences et des dialogues publics sur les obligations mutuelles des partisans de la paix avec le gouvernement et des révolutionnaires, de procéder à des lectures publiques de manifestes, de décrets et de circulaires et de fournir les explications nécessaires, d'arbitrer les querelles, de rapporter les points de vue au Quartier Général et, sur la base de cette expérience, d'émettre des propositions et des conseils pour la formulation et l'élaboration de lois et de réformes. En 1917, la province Morelos était un endroit où on a dû écrire plus de pages que toutes celles qu'a écrites le grand Lénine au cours de longues années. Là aussi, on trouvait des intellectuels. C'est parmi eux qu'il faudra chercher les inspirateurs des Sociétés de soutien des principes révolutionnaires.

Le Général se sera rappelé alors que, au début du soulèvement, un anarchiste, poète bucolique de ses partisans, lui avait recommandé un moyen de fuir, pour le moment où cette histoire d'insurrection tournerait mal : un simple déguisement suffirait – lunettes noires, moustache rasée, casquette, faux passeport, profession de chauffeur de locomotive à vapeur de préférence. Emiliano Zapata lui avait répondu qu'il ignorait le mot "fuite", qu'il détestait les lunettes quelles qu'elles soient – il avait des yeux pour voir – et qu'il n'était ni toréador ni moine pour avoir la figure complètement rasée comme un cul de cocotte. Son partisan aurait compris que, derrière ces propos à première vue pleins de fierté, se dissimulait la certitude suspecte que la révolution était devenue un désespoir, un cauchemar et que l'écrasement n'allait pas tarder. Le Général combattait en reculant continuellement, amèrement, sans démordre de l'idée qu'il allait à la déconfiture.

A cette époque, Eufemio Zapata, son frère, connu pour la manie qu'il avait de fouetter de sa baguette de cognassier tous ceux qu'il trouvait en train de se soûler ou même simplement en train de boire, rencontra un vieillard dans quelque café de Cuautla, et sans le moindre respect pour son âge, commença à le frapper en criant :

— N'as-tu pas honte, grand-père, de n'avoir pas plus de plomb dans la cervelle avec toutes ces années sur le dos ! Ivrogne !

Il continua à le tancer, jusqu'au moment où le vieux tomba par terre à moitié mort. C'était le père d'Isidro Camacho, d'Isidro-le-Cinglé, comme on l'avait surnommé. Dès qu'on lui porta la nouvelle, ce dernier courut au café et sans dire un mot, vida sa carabine sur Eufemio. Puis il l'attacha, grièvement blessé, à la selle de son cheval et le traîna jusqu'à l'extérieur de la ville. Il le laissa sur un grand nid de fourmis. Sachant combien piquent ces fourmis, on comprend à quel point les derniers moments du frère du Général furent pénibles. Isidro Camacho partit sur l'heure vers le Nord avec ses hommes : il accepta l'amnistie du gouvernement (du "révolutionnaire" Venustiano Carranza), jeta son couteau, mais, à toutes fins utiles, cacha sa carabine.

Je ne doute pas que le Général Emiliano Zapata ait donné de tels détails au grand Lénine : le peuple lâchait la queue de son cheval. Les félicitations contenues dans le message ne sont donc pas ironiques. Elles ont l'amertume du sourire, de la salive qui remonte depuis les ongles des pieds jusqu'à la bouche, en passant par les reins, le cholédoque et la vésicule biliaire, et vous force à montrer les dents, en retroussant le coin des lèvres. Quel cadeau des dieux que d'être révolutionnaire sans révolution et de se la faire sur mesure ! Quelle malédiction que de se voir chargé d'une révolte qui finit par tourner à la révolution ! Dans le premier cas, les déformations sont le corollaire des choix de son auteur. Dans le second, l'échec est contenu dans le paquet qui vous a été refilé.

Je suis certain à présent que le grand Lénine a lu, ne serait-ce qu'avec du retard, la missive du Général et a conseillé à ses collaborateurs de ne pas choisir Joseph Vissarionovitch Djougachvili Staline comme son successeur. Il leur aura rappelé les vers :

Et avant qu'il n'ait eu le temps d'émettre un son,
L'ours s'était assis sur sa nuque pour de bon.

Est-ce à dire que le message a fini par arriver à Moscou ? En tout cas, c'est du village de Tlaltizapán qu'est parti le Général Emiliano Zapata, le jeudi 10 avril 1919, pour arriver à Chinameca, où l'attendait Jesús Guajardo. Jusqu'au dernier instant, il croyait à la révolution. Mais ce jour-là a dû être le premier où le désespoir lui troublait l'esprit.

Il n'avait pas oublié que des amis l'avaient mis en garde, lui disant que "des hommes avec de l'argent te préparent un banquet où tu tomberas à la renverse et où tu resteras, raide". C'est sur cette lassitude et cette négligence qu'avait compté Jesús Guajardo et il a dû frémir en entendant le Général dire à ses hommes, au moment où il pénétrait dans l'enceinte de Chinameca :

— Allons voir le colonel, dix hommes avec moi, pas plus !

20

Le triomphe n'est pas le salut de l'âme, mais c'est une grande chose, même s'il laisse le goût amer de l'éphémère, qui efface les illusions douces comme le miel. Elle s'était battue si longtemps, la princesse Eléna Vassilievna Toumanova, pour conquérir ce jeune homme à l'automne de sa vie. Et maintenant qu'elle l'avait attiré en sa demeure, elle l'obligeait à lui demander :

— Je vous aime, je vous adore, qu'est-ce que vous voulez encore ?

La princesse répondait sur un ton passionné :

— Encore ! Encore !

Le prince Toumanov n'était jamais à la maison ces derniers temps. Ce jour-là, dimanche 22 octobre 1917, en particulier, il avait quitté dès le matin sa propriété, située à trente verstes de Pétersbourg, pour se rendre au centre de la ville, sans même passer à son hôtel particulier. Ce dimanche avait été déclaré "Jour du soviet de Pétersbourg" et devait être fêté à grand renfort de manifestations dans tous les quartiers. Personne n'était dupe : ces manifestations, organisées sous prétexte de réunir de l'argent pour les commissions soviétiques et la presse soviétique, étaient en réalité des démonstrations de force. Les cosaques avaient annoncé que la procession de l'image miraculeuse de la Sainte Vierge, qui, selon la tradition, avait sauvé Moscou des Français en 1812, aurait lieu le même jour.

Tout le monde était sûr que des incidents éclateraient et le prince Toumanov réglait les derniers détails pour prendre le train pour Helsinki (et, de là, rejoindre Stockholm en bateau à vapeur), en compagnie de choses précieuses : valeurs mobilières, contrats d'achats, ainsi que quelques autres objets, fragiles et, comment dire ? compromettants, c'est-à-dire capables de vous exposer, de vous causer des ennuis, de vous faire figurer parmi les ennemis du peuple.

Inquiétude exagérée, disaient beaucoup. L'hiver s'installait pour de bon. Et l'hiver avait toujours été le meilleur ami de la Russie. Qui a envie de troubles et de manifestations dans la neige ? Tenez, les cosaques : pour éviter de se heurter aux bolcheviks, ce qui serait une insulte à l'icône miraculeuse, ils ont décidé de renoncer à leur procession. Les fauteurs de troubles (ce mot répugnant de "révolutionnaires" ne franchit pas facilement les lèvres), comme ils se sont baptisés eux-mêmes, ne cesseront jamais de crier, oublieux de l'indulgence des autorités, qui les envoient à la campagne, dans des endroits tranquilles, pour qu'ils puissent penser à leur aise, en compagnie de camarades et de parents. Aucun soulèvement fatal ne commence en hiver, les gens ont l'habitude de se la couler douce, nous ne sommes plus à l'époque d'Alexandre Nevski et buvons donc une petite vodka pour nous réchauffer la moelle. D'ici au printemps, on verra. Faisons en sorte que la panique s'apaise, que les commerçants – les juifs, j'entends – ne cachent pas la nourriture, les chandelles coûtent une fortune, les gens se laissent entraîner et achètent tout ce qu'ils trouvent, on ne voit pas la fin des queues dans le vent froid. Rappelez-vous, très chers, que Carlyle, dans son œuvre *La Révolution française*, écrit que les Français se distinguent des autres peuples par leur capacité à faire la queue. Que diable ! Pour quelle raison nous transformerions-nous en Français, nous qui les avons chassés de Moscou !

Divertissons-nous plutôt : au théâtre Marinski se produit un nouvel ensemble de ballet avec la

Karchavina. A l'Alexandrinski on a repris, dans une mise en scène de Meyerhold, les représentations du drame d'Alexis Tolstoï *La Mort d'Ivan le Terrible.* A l'Opéra, Chaliapine chante, mercredi, ce soir, *Boris Godounov.* Et si vous voulez quelque chose de différent, allez aux réunions évangéliques qu'organise l'Armée du Salut, les murs de Pétersbourg sont pleins de telles invitations.

Ne prêtez pas attention à ceux qui se laissent entraîner par les slogans et font dévier leur logique, comme les serveurs par exemple, qui ont accroché dans les restaurants des pancartes du genre : "Si quelqu'un est obligé de travailler comme serveur pour gagner son pain, cela ne veut pas dire du tout que chacun a le droit de l'offenser en lui faisant la charité." On n'a pas besoin de tant de mots pour dire : Les pourboires ne sont pas acceptés. On voit cependant que les bolcheviks ont introduit un nouveau mode d'expression, où il s'agit de dire des mots abondants, des mots gras, pompeux, des dialectiques, et de démasquer les capitalistes et les profiteurs. La façon dont ils concilient l'inconciliable est étonnante. Et si les serveurs cessent d'empocher des pourboires, auront-ils gagné la dignité dont les prive, pensent-ils, le pourboire ? Fiodor, au foyer du théâtre *Le Miroir Courbe*, continue à s'incliner et à chuchoter : "Ce qu'il vous plaira de donner, monsieur, ce qu'il vous plaira de donner, comme toujours !" Et quand je suis allé chez Testov, j'ai fourré dans la poche du serviteur cinq roubles sonnants et trébuchants, en disant à voix haute :

— Ce n'est pas un pourboire, mon cher. C'est ce qu'il me plaît de donner !

Les fruits qui ne manquent pas dans notre Russie se mirent à croître et à se multiplier : intelligentsia, agitateurs, *narodniki,* décembristes, *troudoviki,* mencheviks, internationalistes, *zemlia i volia* (nouvellistes), socialistes-révolutionnaires – ou S.-R. –, maximalistes, *plechanoviki, bakouniki, cropotniki,* linkvintaristes, marxistes et ainsi de suite. Nous avons oublié les bolcheviks : ceux-là sont si peu nombreux que pour attirer l'attention, ils ont passé un petit drapeau rouge entre les mains de la statue de la Grande Catherine, qui se trouve en face du théâtre Alexandrinski. Mais il a pâli, leur petit drapeau, et personne ne demande qui l'a mis là-haut. Et le sénateur Sokolov, qui s'est présenté en tenue de civil à la séance du Corps, s'est fait jeter hors de la salle par ses confrères, et a dû aller revêtir son uniforme, pour qu'on lui permette d'entrer et de prendre place sur les banquettes. En conclusion, au lieu de perdre notre temps avec ces histoires, commençons une partie d'échecs, la ville est calme, il est tard, les trams ne passent pas avec des passagers suspendus à l'extérieur.

Un peu plus tôt, le jeune amant de la princesse Toumanova était sorti dans la rue : il était pressé d'arriver à la forteresse Petropavlovsk, c'était un militaire. Les épaulettes mordorées de sa capote étincelaient comme il passait sous la lumière des réverbères de l'avenue Morskaïa. Il ne sentait aucun danger, ni même le signe avant-coureur d'un danger. Il traînait légèrement les pieds et ses bottes grinçaient : la princesse était satisfaite, *sed non satiata.* Elle l'avait accueilli avec un petit cadeau, quelque chose comme un pourboire. Et quand, à un moment, des groupes de manifestants étaient passés devant l'hôtel Toumanov en criant : "Frères cosaques, ils veulent vous monter contre nous, ne faites pas de procession", la princesse avait souri.

— S'il arrive quelque chose, dit-elle, nous partirons pour Moscou. Et si les choses se gâtent là-bas aussi, nous irons à Kiev. Et si Kiev est atteinte, nous irons à Paris. Nous vivrons comme nous l'entendons !

Elle disait la même chose le lundi 23 octobre, le mardi 24, le mercredi 25. Elle parlait, informée des proclamations, des titres des journaux. Son jeune amant venait avec les poches de sa capote pleines de manifestes, avec des imprimés sous les bras, depuis les *Nouvelles boursières* jusqu'au *Soldat*.

— Que disent nos chers bolcheviks ? s'intéressait la princesse.

Ce qu'ils ont toujours dit : révélations, analyses, synthèses, recommandations, appels. De façon magique : comme s'ils s'adressaient à chacun séparément. Comme s'ils vous désignaient du doigt : nous te connaissons, toi, nous savons quel gaillard tu es et tu vas voir ce que tu vas voir ! Personne d'autre ne se montrait aussi grossier et aussi arrogant : le clairon de la victoire se faisait entendre avant que l'affrontement ne fût commencé. Le mercredi au soir, tandis que siégeait encore le Comité révolutionnaire militaire du soviet de Pétersbourg à Smolny (ancien pensionnat pour jeunes filles de la bonne société devenu le repaire des bolcheviks), un énorme camion automobile démarrait devant le bâtiment pour traverser la ville.

— Où va-t-on ? demandait le chauffeur.

— Partout, camarade, répondait un petit ouvrier, qui s'était hissé avec beaucoup d'autres à l'arrière.

Et lorsque le camion se dirigea vers l'avenue Souvorov, ceux qui se trouvaient dans la voiture se mirent à déchirer l'enveloppe de paquets et à éparpiller dans l'air les proclamations. Le camion roulait dans les rues sombres, laissant derrière lui un nuage de papier noir et blanc. La proclamation disait :

Aux citoyens de Russie !

Le gouvernement provisoire a été renversé. Le pouvoir de l'Etat est passé aux mains de l'organe du soviet des ouvriers et soldats députés de Pétersbourg, du Comité militaire révolutionnaire, qui est à la tête du prolétariat et de la garde de Pétersbourg.

La cause pour laquelle combattait le peuple – suppression de la grande propriété foncière sur la terre, contrôle ouvrier sur la production, création d'un gouvernement soviétique – est assurée !

Vive la révolution des ouvriers, des soldats et des paysans !

LE COMITÉ RÉVOLUTIONNAIRE MILITAIRE
DU SOVIET DE PÉTERSBOURG
DES OUVRIERS ET DES SOLDATS DÉPUTÉS

La plupart de ceux qui se trouvaient à cette heure à Smolny devaient ignorer le contenu de la proclamation. Ils ne se hâtaient pas de partir, mais se bousculaient aux portes. Dans la salle de réunion du Comité, les hommes essayaient de prendre place sur les bancs, les chaises, les bords de l'estrade du præsidium, les rebords des fenêtres. La puanteur des corps mal lavés ne se noyait pas dans l'inondation de propositions, de récriminations et dans l'opposition de Kamenev – Rosenfeld de son vrai nom – à l'insurrection armée. De temps en temps, quelqu'un de l'Instruction, avec un air de souffleur somnolent, montait à la tribune et disait d'une voix monocorde :

— Nous prions les camarades d'arrêter de fumer.

Tout d'un coup, la salle tout entière – y compris ceux qui fumaient – hurlait : “Enfin, camarades, ne fumez pas !” Et on continuait à fumer, une fumée bleue asphyxiante maintenait l'incertitude mais cachait aussi cet ogre qui ne cessait de se déployer et ne se décidait pas à sortir de là.

Un vieillard sortit sa montre de la poche de son gilet et se tourna vers son voisin :

— Le camarade Lénine ne viendra pas ?

— Bien sûr qu'il viendra.

— Oui, mais aujourd'hui ?

— Ben, c'est prévu.

— C'est ce que je pense aussi.

— Ce sont des choses qu'on ne sait pas, nous, ce sont ceux qui savent qui le savent.

— Mais il n'a pas envoyé de message.

— C'est qu'il est en route.

— Il ne devrait pas être arrivé ?

— Il arrivera, il sait, lui.

— Mais si dans deux ou trois heures il n'est pas là, on s'en ira, non ?

— Pourquoi ?

— Parce qu'il ne se passera rien aujourd'hui.

— On n'est pas pressé, ça se passera demain.

— Fume pas.

— Tu as bien fumé, toi, c'est mon tour.

— Que va penser Lénine, en voyant ce foutoir !

— Ben, il nous le dira.

— Et nous, qu'est-ce qu'on lui dira ?

— Il ne nous demandera rien.

21

Le triomphe n'est pas le salut de l'âme, mais c'est une grande chose. Et il doit laisser à l'homme le goût suave de la réussite, qui efface l'amertume de l'éphémère. Le jeudi 26 octobre 1917 (c'était un jeudi), Pétersbourg s'éveilla et commença à bouger comme si rien ne s'était passé : les habitants se rendirent à leur travail, les magasins ouvrirent, les amateurs d'art affluaient dans les expositions de peinture et les joueurs d'échecs reprenaient des parties interrompues à mi-chemin, parce qu'au milieu de la nuit – phénomènes courants ces derniers temps – des clameurs et des agitations les avaient empêchés de se concentrer.

Bien sûr les rumeurs allaient bon train, mais le pouvoir était depuis longtemps jeté à la rue, et qui aurait pu croire que quelqu'un s'était baissé pour le ramasser et le mettre dans sa poche ? Les employés du télégraphe, abusant de la découverte de la communication par fil, envoyaient des messages de victoire dans tous les coins de Russie et recevaient, de prolétaires et autres braillards, des réponses pleines de fautes d'orthographe. Puis, on commença à afficher les consignes du soviet de la ville, on vit paraître des journaux qui publiaient des protestations, des malédictions et des menaces, on distribua des appels lancés par les pays.-dép. et sold.-dép., les soc., les s.-r. et les s.-d. (mencheviks) et par d'autres groupes soc., max., anar., dém., lib., qui prouvaient que les bolcheviks étaient des terroristes et des usurpateurs du pouvoir, de sales bandits qui avaient profité de l'absence du maître de maison pour se livrer à un acte unilatéral, un acte de brigandage non dissimulé.

Le conseil municipal, seule autorité élue à être restée en place après les événements de la nuit précédente et la dissolution du gouvernement, siégeait dans la salle Nicolaïevski. Beaucoup des membres du conseil sentaient que la révolte, qui prétendait s'être imposée (dans l'obscurité de la nuit !) mais n'osait pas affronter le jour et se mesurer avec ceux qui la rejetaient, serait cause de bien des maux. Des témoins oculaires avaient rapporté que la foule avait envahi le palais d'Hiver et s'était précipitée dans les sous-sols, aux étages, brisant toutes les caisses qu'elle trouvait et volant bouteilles de champagne et de vin du Rhin, chandeliers, tentures, tableaux, tapis, poignées de portes et de fenêtres, un pillage sans rapport aucun avec les principes et les idéaux.

Et enfin quelle prise était-ce là, alors que le palais d'Hiver n'avait personne pour prendre la tête de sa défense, quelques employés en livrée invitaient les envahisseurs à ne pas manquer de manières, en chuchotant, comme à l'accoutumée : "S'il vous plaît, pas ceci" ou : "C'est interdit, monsieur, par là" ou : "Ne crachez pas, voulez-vous, sur le tapis." Et à ces prières et à ces admonitions, ils recevaient des réponses de cette valeur : "Nous n'avons pas fait la révolution pour qu'on vienne nous dire : C'est interdit" ou : "Pousse-toi de cinquante, laquais du capitalisme, que je passe" ou laconiquement : "Va te faire foutre." La vérité oblige à dire qu'à la sortie se tenaient des Gardes rouges qui ordonnaient : "Camarade, sors tout ce que tu as caché dans tes poches !" Mais seule une petite partie du butin avait été récupérée, avec de nombreuses bouteilles de vins et spiritueux vides. Crapule ! Preuve que c'est dans un autre but que la foule se met en branle et que les circonstances lui font un cadeau. Comme si une petite tête était coiffée d'un grand chapeau.

Le vénérable maire à la barbe et aux cheveux blancs, M. Schreider, racontait au conseil municipal comment il avait couru, en pleine nuit, jusqu'à Smolny – 'l'ancien pensionnat de jeunes filles, messieurs !" – pour protester, avançant l'argument que l'Instance Municipale était le seul pouvoir légal après la chute du gouvernement, puisque le peuple l'avait élue par un scrutin direct, général et secret. Par conséquent, M. Schreider avait le devoir, vis-à-vis de la Ville et de ses Habitants, de demander à ceux qui avaient manqué aux règles de la bienséance et de la décence de se calmer, de balayer au moins les rues, qui étaient jonchées de proclamations, les équipes de la Municipalité se chargeraient de débarrasser les murs de la crasse des affiches, des appels, des sommations et des messages.

Aux observations du vénérable M. Schreider avait répondu, sans y être invité, ce juif à la barbiche de bouc qui portait des lunettes, à la voix sonore et au mince sourire ironique, celui qui étalait sa passion rhétorique – que je me rappelle son nom – Léon Davidovitch Bronstein. Il avait sans rougir déclaré :

— Le conseil municipal peut se dissoudre et se réélire, comme vous le savez !

— Mais tant qu'il ne se dissout pas, répondit M. Schreider, il a le devoir de ne pas reconnaître un gouvernement issu de l'aide des télégraphistes et de l'usage coercitif des baïonnettes. Si le peuple lui donne librement la majorité par vote, alors l'Instance Municipale le considérera comme légal.

Il n'avait pas eu le temps d'achever sa phrase – lui qui aimait les pensées clairement formulées – que quelqu'un se manifesta du fond de la salle, disant d'une voix de stentor :

— Votre élection a eu lieu il y a longtemps. Vous n'êtes pas les véritables représentants des habitants de la ville.

M. Schreider rappela aimablement à la personne très impolie qui l'avait interrompu que l'Instance

Municipale – et par voie de conséquence le conseil municipal – avait été élue selon le système de la participation représentative de toutes les tendances, que le mandat de ses membres n'était pas encore parvenu à son terme et qu'il n'y avait pas eu de changement dans la composition de la population justifiant qu'on remette en cause son autorité.

— Vous n'êtes certainement pas sans savoir, ajouta-t-il, que les majorités exercent le pouvoir.

— Les minorités font des révolutions, commenta Léon Davidovitch Bronstein. Elles les font toutes seules. Elles ne collaborent donc pas avec des minables en faillite, destinés aux poubelles de l'Histoire.

— Je me sentais comme Nicias face à un Alcibiade déchaîné, dit M. Schreider aux membres tremblants du conseil municipal. Je me suis rappelé la harangue d'Alcibiade : "De même que nous méprisons quelqu'un qui échoue, de même nous devons accepter le mépris de ceux qui réussissent, en d'autres termes nous devons nous comporter envers les autres en égaux, si nous voulons être considérés comme égaux."

— Et le fameux Oulianov, il n'a rien dit ? demanda un conseiller municipal.

Il avait dit une phrase à Léon Davidovitch Bronstein, lorsqu'il avait appris la chute du palais d'Hiver : "Ça me donne le vertige", en allemand, on ne sait pas pourquoi *(Das macht mich schwindlig*, probablement). Il n'avait pas tort en tout cas : tout s'était déroulé avec une incroyable facilité. Même le Général Emiliano Zapata s'en était aperçu et avait envoyé un message, c'est-à-dire un avertissement.

— La métamorphose de l'homme en révolutionnaire est quelque chose d'épouvantable, conclut M. Schreider.

C'était comme s'il avait vu des corps se muer en énormes cancrelats, gisant sur le dos et montrant leur ventre, bombé, sombre, plein de plis. Leurs nombreuses pattes délicates, disproportionnées par rapport au volume de leur corps, s'agitaient de façon incommodante sous son nez. Que leur est-il arrivé, se demanda-t-il, que va-t-il nous arriver, quels insectes sont-ce là ?

— Des araignées, grommela le prince Toumanov, en montant dans le train qui partait normalement le soir du jeudi 26 octobre 1917, conduit par le Finlandais Jukka Jalava, pour Helsinki.

La princesse Eléna Vassilievna Toumanova regarda sa montre – il était neuf heures moins vingt du soir – et calcula que le train de Kiev partirait dans trois heures. Elle compta ses bagages, elle avait réuni quelques effets de première nécessité : cinq valises et trois malles. Sous le lustre du grand salon se tenait, soucieux, le jeune militaire. Habillé en civil, il avait dans sa poche le faux passeport au nom d'Ivan Constantine Petrovitch, écrivain de son état.

— La révolution n'est qu'une parenthèse dans l'histoire de l'humanité, le consola la princesse.

A neuf heures moins vingt précises, les membres du præsidium étaient arrivés à Smolny, dans la salle de réunion du IIe congrès panrusse des soviets. Une vague tonnante d'acclamations et d'applaudissements signala la présence du grand Lénine.

A deux heures et demie du matin, un silence absolu se fit dans la salle. Kamenev lut le décret sur la formation d'un gouvernement qui porterait le nom de Conseil des commissaires du peuple. Puis il énuméra les noms figurant sur la liste des commissaires :

— Président du Conseil : le camarade Vladimir Ilitch Oulianov Lénine.

Tonnerre d'applaudissements et d'acclamations, enthousiasme.

— Commissaire aux Affaires étrangères : le camarade Léon Davidovitch Bronstein Trotski.

Tonnerre d'applaudissements.

Et cetera.

Applaudissements.

Et cetera.

La liste se termine sur le président pour les Affaires des Nationalités.

— Le camarade Joseph Vissarionovitch Djougachvili Staline.

Le vendredi 27 octobre 1917 se levait. Il était six heures lorsque le IIe congrès panrusse des soviets procéda à la clôture des travaux. La salle fut une dernière fois ébranlée par les clameurs : "Vive la révolution" et tout le monde commença à partir. Ils avaient vécu le premier jour entier d'un autre monde dans cette claustration. Personne ne se doutait de ce qui s'était mis en marche, du nombre de gens qui allaient sacrifier leur vie pour cela, en fabriquant une boue épaisse, quelque chose comme un rêve, où mourraient à la fois le passé et le futur.

— On a bien fait d'attendre, dit un vieillard à son voisin.

22

Au printemps de l'année 1892, Vladimir Ilitch Oulianov plaidait à la cour d'assises de Samara où s'était installée sa famille et il avait commencé à traduire de l'original allemand le *Manifeste du parti communiste* de Marx et Engels. Le manuscrit de ce travail n'a pas été sauvegardé, mais nous possédons la lettre d'Anton Tchekhov, datée du 29 avril 1892 et adressée à Avilova : "Je termine une nouvelle très ennuyeuse, d'où les femmes et l'amour sont totalement absents. Je ne supporte pas ce genre de nouvelles, j'ai écrit celle-là par hasard, par inadvertance."

Il parle de la *Salle 6*, de l'histoire du docteur Raguine, qui avait coutume de se plaindre de l'absence d'intellectuels dans la petite ville – située à deux cents verstes de la gare de chemin de fer – où il exerçait ses fonctions à l'hôpital public.

— Absolument exact, répondait Mikhaïl Avérianytch, la seule personne dont la société n'ennuyât pas le médecin.

Fort de cette approbation, le médecin se complaisait à parler des grandes questions humaines : le sens de l'existence, le futur, son scepticisme quant à l'immortalité de l'âme, écoutant Mikhaïl Avérianytch répéter : "Absolument exact" – de l'huile sur son feu. Quand Mikhaïl Avérianytch s'en va, le médecin resté seul continue à ruminer les mêmes questions. Et une tristesse, mêlée d'un sentiment qui ressemble à de l'envie, l'empêche d'être indifférent.

Il vit dans l'enceinte de l'hôpital, à côté du bâtiment central, où les malades s'entassent, avec les cafards, les punaises et les rats, livrés aux infirmiers, aux économes qui stockent les pommes de terre dans les toilettes et aux aides qui les dévalisent. Ils amènent leurs enfants, jouent aux cartes sur leurs lits, vont et viennent où bon leur semble, vocifèrent, cognent et saignent. L'érysipèle réside en permanence dans cette Bastille. La gêne du médecin ne provient pas du fait que l'"injustice" en résulte, mais du fait que la bêtise, c'est-à-dire l'aversion pour la pensée, s'en trouve renforcée.

Mais il y a pis : dans la cour de l'hôpital s'élève un petit pavillon – qu'on appelle Salle 6, – véritable Bastille cette fois. Là se trouvent les fous, ils sont au nombre de cinq. Le gardien, Nikita, est continuellement prêt à les rosser, un géant qui les froisse tous les jours, pour leur rappeler la discipline, ce qui les sépare du monde des malades qui, eux, guériront, partiront et retourneront en bonne santé dans le vaste monde, et parmi les hommes. Un de ces séquestrés, Ivan Gromov, qui souffre de manie de persécution, rêve dans cet endroit des jours meilleurs qui ne manqueront pas de venir pour tous, de l'explosion de la vie qui balaiera de la surface du globe toute bêtise. Le docteur Raguine lui rend visite, l'écoute développer ses idées, exprime ses points de vue et pense que ce jeune homme est un individu éclairé et intéressant.

Ce commerce entre un médecin et un incurable inquiète. Le docteur Raguine est convoqué à la mairie pour une affaire de première importance ; il y trouve le commandant d'armes, le censeur du collège, son adjoint et un gros monsieur blond, qui lui est présenté comme un confrère de passage en ville. Cette garde lui pose des questions de plus en plus innocentes, de plus en plus insidieuses :

— Le combien du mois sommes-nous aujourd'hui ?
— Quel jour de la semaine est-ce aujourd'hui ?
— Combien de jours y a-t-il dans l'année ?

— Est-il vrai que dans la Salle 6, il y a un prophète digne d'attention ?

— Oui, dit le docteur, c'est un malade, mais un jeune homme intéressant.

Les assistants se regardent, hochent la tête : leur logique a prouvé sa logique et a donc préparé le diagnostic de la folie.

Le docteur Raguine se hâte, après être sorti de la mairie, chez son ami Mikhaïl Avérianytch et lui avoue :

— Ne vous laissez pas dire, cher ami, que je suis malade. Ma maladie réside uniquement dans le fait que, après vingt années consécutives dans cette ville, j'ai enfin trouvé un homme pensant. Et cet homme est fou. Il n'y a pas de maladie, je suis simplement tombé dans un cercle magique sans issue.

— Entrez à l'hôpital, mon cher, le prie Mikhaïl Avérianytch, convaincu que l'hôpital est fait pour guérir du cercle magique, Dieu nous en préserve.

Le même jour, Khobotov, son assistant, se présente chez le docteur et l'invite à l'accompagner en consultation, un cas très intéressant. Il le conduit à la Salle 6. En entrant, Khobotov explique :

— J'ai un malade qui fait une complication pulmonaire. Attendez ici, je reviens tout de suite. Je vais seulement chercher mon stéthoscope.

L'assistant du docteur Raguine (il assistait à l'audience de la mairie) ne reviendra pas : il a conduit le malade là où la raison imposait qu'on le conduisît. Le docteur se met bien sûr à protester dès qu'il se rend compte que la porte de la Salle 6 s'est refermée sur lui pour toujours. Il avance les arguments habituels, il s'agit d'un malentendu, il somme le gardien de lui ouvrir, sa colère grandit devant l'irrégularité, l'arbitraire, l'intolérable de sa séquestration. Nikita déverrouillera la porte de la pièce où les fous passent la nuit, poussera le docteur pour l'en décoller, lui administrera un coup vigoureux sur la figure, le docteur s'agrippera à son lit et le géant lui enverra des coups de poing dans le dos.

L'histoire s'achève ici : le docteur Raguine mourra dès le lendemain, première victime de la Salle 6, celui qui a semé le trouble, le plus dangereux, il a forcé les choses à en venir à son assassinat, fautif et non victime, un suicidé en fait, coupable en tout, un docteur dont on ignore le prénom, devant un gardien dont on ignore le nom, dans une ville dont on ignore le nom et qui est aussi tangible que les deux cents verstes qui la séparent de la gare la plus proche.

La Salle 6 d'Anton Tchekhov eut un immense succès. Deux ans plus tard, l'écrivain jugea utile de souligner, à l'occasion d'un autre de ses récits : "Si l'écrivain met en scène un malade mental, cela ne signifie pas qu'il est lui-même malade." Et le grand Lénine, à la même époque à peu près, écrivit à sa sœur Anna : "S'il est quelque chose qui m'ait effrayé et qui m'effraie encore, c'est cette *Salle 6* de Tchekhov." Rappelons-nous que le grand Lénine avait déclaré faire le métier d'écrivain sur le questionnaire pour les archives du parti ; alors, ce qui l'effrayait, c'est que l'œuvre de l'écrivain cache une vérité et un avertissement : s'il était le docteur Raguine, il entrerait fatalement dans la Salle 6. Il y trouverait certainement Nikita qui le rosserait et l'exterminerait.

Pour faciliter les choses, recourons à Socrate, qui n'est pas gêné par le mensonge, mais par le crime caché, par cet acte qui reste "ignoré des hommes et des dieux". Le fait que la révolution ait prédominé sanctionne un droit qui pendant très longtemps n'a pu être en vigueur et qui brille enfin de toute sa gloire : c'est le droit de tous, dans le présent et l'avenir, c'est "l'intérêt public", ennemi par sa nature même de tout intérêt personnel. C'est le grand Lénine qui l'a dit, approfondissons donc ses propos : "Celui qui n'est pas avec nous est contre nous." Je comprends que celui qui est contre nous est candidat au crime caché.

Socrate toujours enseignait : "Sois tel que tu voudrais apparaître aux autres." A l'aube des

Temps modernes, Niccolo Machiavelli corrigea : "Ne t'occupe pas de ce que tu es ! Si tu parviens à paraître aux autres tel que tu voudrais être, cela est assez pour les juges de ce monde." Bien que les juges varient et que Machiavelli compte, comme le disent ses mots, qu'ils ne diffèrent pas, le droit de la révolution dénonce l'hypocrisie. Et l'hypocrite ne se distingue de la personne franche que par l'interprétation de ses actes, interprétation qui sera proclamée preuve inébranlable, témoins et témoignages à l'appui. Plus les preuves sont nombreuses, plus l'exemple à éviter est incontestable : la révolution se transforme en veille et en affût. Elle terrorise les hypocrites, elle vérifie sans cesse et méticuleusement son droit : elle met le fait à la hauteur de l'événement. En d'autres termes, elle contresigne la devise de Socrate, à une petite différence près : elle dit aux hommes d'être tels qu'elle désirerait qu'ils lui apparaissent. Peu importe dès lors que chacun soit tel qu'il voudrait apparaître aux autres. D'où la révolution tire-t-elle le droit d'avoir UN désir pour tous ? Simplement, elle qui a soulevé la liberté et le bonheur de tous demande que les hommes se coulent dans le moule du rêve qu'elle a forgé pour eux. Le grand Lénine n'a pas eu le temps de prononcer la phrase qu'on attendait : "Celui qui est avec nous doit être avec nous." Le petit père Staline a dû la prononcer et il est dommage qu'elle n'ait pas été enregistrée par les historiens, qui l'ont taxée à tort de tautologie.

Il est bien naturel que le grand Lénine se soit occupé du premier volet du raisonnement. Il faut du temps pour qu'apparaisse, clair comme le jour, que celui qui est avec nous aussi commet des crimes "ignorés des hommes et des dieux". Si la révolution, le droit qu'elle représente, parvient à imaginer le caché et l'inavoué, à se muer en homme et en dieu omniscient, elle aura rempli une liste longue et toujours enrichie de crimes attendant que leurs auteurs les commettent. En d'autres termes, le crime est à l'affût comme l'araignée, l'insecte : il appréhendera le coupable. Qu'est-il besoin alors de témoins, de foules, de partisans ? Les lois ne se taisent pas, elles attendent que les coupables avouent : elles les connaissent, même si eux tardent à se dévoiler tout à fait.

Il faut admettre que, sans les épurations, la révolution des bolcheviks n'aurait pu affermir sa position et aurait suivi la pente de la Révolution française qui restaura la royauté. De ce point de vue, la révolution des bolcheviks est la seule réussie dans l'Histoire. Elle est allée au-delà de l'hypocrisie, dont s'était contentée la Révolution française, où les foules assistaient, en tant que témoins, la justice dans son rôle d'arracheuse de masque, de façon à éclairer le visage : hideux, corrompu, sale. Elle s'est arrêtée aux visages, à ces parenthèses de sa progression, à ces grains de sable dans les rouages de ses processus, à ces sujets débridés, insupportables et imprévisibles, qui entravent consciemment (il n'y a pas d'autre explication) l'intérêt public. Elle les a montrés tels qu'ils étaient : inexistants, si elle ne les avait ramassés et parés. Des visages appartenant à des personnes privées de rôles. Et celui qui n'a pas de rôle n'a pas de droits. Il est non seulement dangereux, mais superflu.

Nous remarquerons que la littérature a là encore été à la hauteur de sa réputation. Bien que Franz Kafka ait à tort intitulé son œuvre *le Procès*, dont le contenu est le récit détaillé et pénible d'une épuration, dès la première page le héros, le fameux Joseph K., est privé de son rôle. Alors qu'il se trouve en chemise de nuit dans son lit, la sonnette se fait entendre. Tandis qu'il s'étonne que la bonne de sa logeuse ne lui ait pas encore apporté son petit déjeuner, un inconnu entre dans sa chambre. Joseph K. saute à bas de son lit "pour enfiler son pantalon". Et quand peu après, il passe dans la pièce voisine, où se trouve le compagnon de l'inconnu, les deux étrangers "regardèrent la chemise de nuit et déclarèrent qu'il lui faudrait en mettre une bien plus mauvaise, mais qu'ils veilleraient avec grand soin sur cette chemise comme aussi sur tout le reste de son linge, et qu'ils le lui rendraient au cas où son affaire finirait bien". Mais l'épuration ne se contente pas de l'avantage de pouvoir prouver immédiatement combien facilement on perd son rôle. Il ne s'agit pas d'une tragédie où l'outrage est connu et où il est urgent que vienne l'heure de l'expiation. Rien ne presse et tout doit se faire avec ordre et avec soin : puisque le coupable est là, il n'est pas nécessaire qu'il trouve tout de suite son crime. Ainsi, lorsque les deux inconnus demandent à Joseph K. de passer dans l'autre pièce, où le demande le brigadier, et que lui sort de la sienne – toujours en chemise de nuit – ils le renvoient dans sa chambre, pour qu'il aille s'habiller. Ils vont jusqu'à le suivre et le conseiller : "Il faut une veste noire." Joseph K. choisira "son plus beau costume noir, une jaquette dont la coupe cintrée avait presque fait sensation parmi ses connaissances, une chemise propre." Il s'est habillé avec beaucoup de soin. Avec son rôle – employé de banque, jeune homme de trente ans, le jour de son anniversaire, tiens ! – il s'est présenté devant l'officier. Et un an plus tard, quand il a enfin trouvé son crime et est conduit par ses bourreaux sur le lieu de l'exécution, on lui retire sa veste, son gilet et sa chemise (que sont devenus les gants et le chapeau qu'il avait mis à la dernière minute ?) et on les plie "avec soin, comme des choses dont on aura encore besoin dans un temps qu'on ne peut pas prévoir".

Joseph K. courba la nuque devant la lame qui s'apprêtait pour son cœur. Il trouva enfin une position confortable et put articuler ses derniers mots :

— Comme un chien, dit-il.

Et c'était comme si la honte avait dû lui survivre.

Je suis certain que si Franz Kafka avait pris la peine de s'informer de ce que le Poète d'Alexandrie avait écrit jusqu'en 1914, au moment où lui-même écrivait *le Procès*, il aurait naturellement appelé son œuvre *Ithaque*. C'est d'un tel voyage qu'il s'agissait.

Nous, nous savons aujourd'hui que lorsque le matin, quand nous attendons le laitier, une lourde main frappe à notre porte, c'est la révolution qui est arrivée jusqu'à notre sujet, immaculée, parce qu'elle n'est pas souillée par le crime ignoré des hommes et des dieux, immaculée comme un fantôme et comme un linceul, que notre esprit ne saurait concevoir, parce qu'il n'est pas un crime que nous n'ayons commis, espérant toujours que notre tour ne viendra pas. Hâtons-nous de nous habiller, d'exhiber notre rôle, si nous pouvions trouver du réconfort dans le fait de savoir qu'*Ithaque, la Salle 6* et *le Procès* nous avaient avertis, mais nous, nous l'avons faite la révolution. Nous n'aurions pas pu l'éviter, mais ce n'est pas une excuse. Cavafis, Tchekhov, Kafka nous disent que l'art, en tant qu'expression du charme qui domine l'homme devant le Monde, n'existe plus. Cavafis, derrière les murs qui se sont construits autour de lui, propose l'amitié avec le monde, image instable du charme. Tchekhov, effrayé par l'insaisissable du charme, essaie de garder son sang-froid, peut-être ne s'agit-il que d'un malentendu. Kafka met un point final : quand le charme disparaît, personne ne réalise la valeur de l'amitié avec le Monde. Si le grand Lénine se laissait aller à méditer sur la littérature, il pourrait répondre à Marx que la révolution ne peut pas être considérée comme étant un art.

23

Notons la différence : Emiliano Zapata est poussé à la révolution, parce qu'il a en dépôt l'incontestable, ce que les hommes n'ont pas la latitude d'ignorer : le droit écrit et approuvé de la communauté. En septembre 1909, tout de suite après son élection, son oncle le lui avait remis, étalé sur plusieurs papiers : c'étaient les titres de propriété de la terre qui appartenait aux villages de la province Morelos et très certainement à Anenecuilco. C'étaient des papiers presque centenaires et trois générations au moins les avaient invoqués et avaient préservé leurs droits. Il y avait là comme une récapitulation, depuis la genèse du monde ou aussi loin que la mémoire remonte, pour que soit confirmé que les champs, les monts et les eaux étaient du ressort de ces villages, avec leurs maisons de briques, avec les braillements de leurs nouveau-nés et leurs grands-pères taciturnes. Qui contesterait que les grands propriétaires fonciers avaient agi contre la loi ? Quel aveugle refuserait de reconnaître un ordre des choses qu'aucun acte ne devrait oser changer ? Dix-huit mois plus tard, quand l'insurrection éclata, le Général enferma les papiers dans une boîte en zinc – en zinc ! – qu'il enfouit sous les dalles du sol de l'église d'Anenecuilco.

Il ne se tranquillisa pas pour autant : lorsque les forces du gouvernement fédéral commencèrent leurs raids dans la région, craignant qu'une mauvaise fortune ne les conduise à l'église et que le diable cornu ne leur suggère de soulever les dalles du sol, il envoya une personne de confiance déterrer la boîte et la porter au Quartier Général. Mais José Roblès ne réussit pas à franchir les lignes ennemies et à atteindre le village. Le Général confia donc la même mission à son secrétaire, qui officiait dans les locaux de la mairie d'Anenecuilco, et qui répondait au nom de Francisco Franco : il connaissait le coin et avait des gens à lui pour le couvrir. Francisco Franco rapporta la boîte au Quartier Général et les titres suivirent sans se plaindre le Général dans tous ses déplacements.

En 1914, au début de l'année, certains chefs de révoltés vinrent voir le Général, ils avaient l'intention de mettre leurs forces sous ses ordres, mais tant de bruits couraient sur lui. Peut-être aurait-il l'obligeance de leur dire en trois mots pour quelle raison il se battait et pourquoi il se mettait hors de lui quand on le traitait de brigand et de bandit. Le Général envoya appeler Francisco Franco, qui avait juré de tenir les titres loin de tout danger, il lui demanda de montrer ce dont il avait la garde et répondit aux chefs de révoltés : "C'est pour ça !" Les hommes qui l'avaient devant eux durent penser que, autant qu'ils pouvaient en juger, il s'agissait d'histoires de propriété et d'exploitation de la terre, d'histoires d'argent en un mot, c'est une sorte de brigandage aussi. La révolution n'allait-elle pas bientôt imprimer ses propres billets de banque ? Ils auraient reconnu leur erreur s'ils avaient demandé à savoir ce que le Général avait coutume de dire à propos de ces papiers :

— Moi, un jour, je mourrai, mais les papiers du village resteront comme garantie.

— Quelle garantie, mon Général ?

Il ne répondait pas. N'était-il donc pas évident qu'il parlait de la continuité, de la stabilité, du respect des règles, de tout ce charme ? Le reste existait, mais ne présentait pas d'intérêt. Comme disait son oncle : "Nous laisserons les choses telles que nous les avons trouvées." Mais peut-on faire une révolution avec des principes pareils ?

En janvier 1919, le Général appela Francisco Franco, et comme s'il sentait le poids de sa mort imminente, lui rappela avec une insistance tout à fait inhabituelle à quel point il tenait à ces titres. Dès qu'on apprit son assassinat, Francisco Franco, croyant à la nouvelle, se hâta de fermer la boîte en zinc et sourit : jamais il n'en révélerait la cachette, quoi qu'il arrivât. On imagine la tête qu'ont dû faire tous les voleurs qui traquaient la révolution dans le seul but de lui prendre ses papiers.

Les années passèrent.

Francisco Franco vieillit.

On l'avait menacé à plusieurs reprises.

Il avait failli être coincé et descendu, par des grands propriétaires et des militaires, des magouilleurs et des combinards.

Il était allé trop loin : chaque fois qu'un empiéteur s'en prenait à la terre des villages de la province Morelos, Francisco Franco réveillait les papiers, les toilettait, les habillait, les coiffait et les promenait dans les tribunaux, les conseils et les palais, beaux et brillants, pour les montrer aux avocats, aux avoués, aux notaires, aux présidents et aux secrétaires, aux députés, aux galonnés et aux félons d'importance. Pour être beaux, ils étaient beaux, avec des sceaux et des machins aux signatures, des couettes et des accents biscornus sur les lettres, des pleins et des déliés.

Francisco Franco était allé trop loin. Et un peu avant Noël 1947, il vit arriver chez lui deux policiers de Cuautla venus lui demander les titres, comme ça, sans crier gare. Ils le plaquèrent même contre le mur pour le fusiller. Ses enfants s'interposèrent, les gens du village accoururent, les policiers tournèrent le dos et quittèrent le village, jurant que son dernier jour était arrivé. Lui se mit à table et dîna, comme à l'accoutumée. Et le soir arrivèrent des soldats, équipés de bottes, de cartouchières et d'armes automatiques, qui tuèrent les deux fils de Francisco Franco, blessèrent le vieux, le traquèrent et l'achevèrent dans un fossé où il s'était caché. Un dur à cuire, mais on a fini par en venir à bout, le salaud.

— Bien fait pour lui !

— Et les papiers ?

On ne les a jamais trouvés, ces putains de papiers. Mais l'important était que personne ne pouvait plus désormais les produire. Et ceux qui étaient en mesure de les invoquer ne pouvaient pas les montrer. Et ceux qui pouvaient se vanter de les avoir vus disparaissaient peu à peu de cette terre.

— Pourquoi Francisco Franco – Dieu ait son âme – n'avait-il confié son secret à personne d'autre ?

— Il l'avait dit à ses enfants.

Le curé hochait tristement la tête. Vers la fin de 1911, il avait vu arriver dans son humble demeure le Général tenant des feuilles écrites et disant :

— Je veux qu'elles soient bien lisibles, mon père.

Le nom du curé ne nous est pas connu, mais on prétend que la conversation se déroula ainsi :

Le Général : On m'a dit que tu as une machine à écrire.

Le curé : D'autres aussi en ont une, je crois.

Le Général : Mais toi tu habites à l'écart et personne ne s'étonnera, en passant devant ta porte, de te voir ni de t'entendre, de jour comme de nuit, taper sur le clavier.

Le curé prit les feuilles et les regarda : titre *Programme d'Ayala*, quinze articles, préambule, épilogue. Cinq pages de machine à écrire, ce n'était pas la mer à boire.

— Je le veux trente fois, ajouta le Général, que tous les journaux puissent le publier.

Au cours de sa vie, le curé a dû écrire des centaines de fois de nombreux exemplaires de ce texte, on en avait sans cesse besoin : pour que des nouveaux le signent, que des initiés l'étudient, que des étrangers le voient, que des représentants l'emportent à des conseils et à des réunions.

Il l'avait donc appris par cœur et l'égrenait sur la machine à écrire comme un rosaire. Mais la fatigue et les heures de travail se faisaient sentir, sa vue se gâtait, au grand désespoir des historiens qui tombent de temps en temps sur des copies avec des mots en trop ou en moins, une ponctuation quasi inexistante, des lettres mal imprimées, de sorte qu'ils ignorent quelle est la version authentique et ne savent pas au juste quelles notions les signataires voulaient souligner. Ils sont donc obligés de recourir aux feuillets, ceux qu'on peut trouver, du *Quotidien domestique*, le seul journal du pays à avoir publié, le 15 décembre 1911, le texte, avec la signature du Général en tête, suivie de celles de tous les autres, généraux, colonels, capitaines, sergents.

Comme l'exigeait la tradition des révolutions, Emiliano Zapata avait une Charte, un Manifeste, une Déclaration, un Statut. Des Principes. Nulle part dans le texte il n'était question de "paix", de "progrès", de "démocratie", de "justice sociale", de "bonheur", comme s'il s'agissait de mots inconnus. Une fois seulement il était question du "peuple" et de la "situation sociale" des villages et des citoyens qui n'avaient aucun espoir, parce que la terre, les monts et les eaux avaient été "monopolisés par quelques mains". Le *Programme* se terminait sur cette apostrophe :

Peuple du Mexique, soutiens ce Programme les armes à la main et tu auras la prospérité et l'aisance de la patrie.

Liberté, Justice et Loi.

Ayala, le 25 novembre 1911.

Après la mort de Francisco Franco, sur les ruines de la maison paternelle d'Emiliano Zapata, on bâtit un pavillon de ciment, où le 8 août de chaque année se rassemblent célébrités éphémères et titrés cacochymes pour fêter, avec des discours et des couronnes, l'anniversaire de la naissance du Général. Ils se hâtent de partir au milieu de l'après-midi, avant d'être mouillés par la pluie qui tombe systématiquement à cette époque de l'année, dès que la lumière baisse. Le *Programme* a disparu dans les nuages qui descendent lentement et fondent, laissant les foudres rouillés, arrosant la terre qui s'est perdue, les montagnes qui se sont éloignées, les eaux qui se sont évaporées. Le Messager ne veut pas savoir : ce n'est pas qu'il n'arrive pas à Moscou, c'est qu'il n'a pas le cœur de revenir dans la province Morelos. En d'autres termes, ce n'est pas qu'il ait tellement envie de porter le message à Moscou, c'est qu'il ne peut pas le rapporter dans la province Morelos.

24

Une différence : Vladimir Ilitch Oulianov produit des programmes sans arrêt, qui engendrent des slogans dans la monotonie. Lui-même a une explication : “Voilà mon destin !” écrit-il à Inessa Armand, qui n’était pas seulement une personne de confiance et une collaboratrice. “Une campagne polémique après l’autre, contre les bêtises politiques, les platitudes, l’opportunisme.” Et peut-être est-ce cet aveu, qui ressemble tant à la mimique de la déception, qui le pousse à dire au début de 1917 : “Nous les vieux, nous ne vivrons pas pour voir la révolution de Russie.” Pour se consoler, il chante le seul morceau dans toute la musique qu’il considère digne d’attention, et capable d’exalter l’esprit : l’aria du toréador, dans *Carmen* de Bizet. Sous le pseudonyme de Lénine, choisi parmi les cent cinquante pseudonymes qu’il a utilisés à un moment ou à un autre (choix fortuit, prétendent ses parents), il continue à écrire, c’est la seule chose qu’il sache faire et qui lui permette de ne pas se déclarer sans profession.

Il écrit depuis l’âge de dix-sept ans, ce qui n’est bien sûr pas le cas du Général qui, en paysan qui se respecte, s’efforce de tout faire rentrer dans une seule phrase, si tant est que le *Programme d’Ayala* constitue un exemple. Le grand Lénine, lui, a une méthode : il cerne la question, la dénude de tout vêtement, l’exhibe, donne la réponse, aboutit à une proposition, enfonce la conclusion, qu’il réunit en un slogan, c’est-à-dire en exhortations, que chacun est invité à approfondir, mais pas à remettre en question. Les spécialistes lui trouvent des incohérences, des contradictions, un style rébarbatif, de plus en plus insultant, intransigeant, cru. Ce doit être cela, le style du révolutionnaire, qui du haut de la tribune lève le bras droit tel un nouveau Démosthène, la casquette dans la main gauche, pour ne pas la manger :

Nous ne suivrons pas cette route !
Organisez-vous !
L'organisation décuple les forces !
Sans organisation, la classe ouvrière n'est rien !
Toute lutte de classes est une lutte politique !
Sans théorie révolutionnaire, il n'y a pas de mouvement révolutionnaire !
Nous avons besoin de professionnels de l'action révolutionnaire !
Le parti accroît sa force par l'épuration !
Le pouvoir tout entier à la classe ouvrière, conduite par le parti des bolcheviks !
Que les masses obéissent sans réserve à ceux qui dirigent le travail !
Vive l'avant-garde prolétarienne !
Dictature du prolétariat !
A bas l'esprit petit-bourgeois !
A bas la littérature sans parti ! A bas les su hommes de la littérature !
Les révolutions sont les locomotives de l'Histoire ! (Karl Marx.)
La révolution, fête des opprimés et des exploités !
L'insurrection armée, forme suprême de la lutte politique !
Terrorisme des masses !
Que le mépris de la mort se répande dans les masses et assure la victoire !
Jusqu'à la victoire de la révolution prolétarienne mondiale !
Balayons la terre russe !

Ces quelques slogans, extraits des innombrables slogans qui figurent dans les textes et les discours du grand Lénine, présentés ici dans un ordre chronologique, résument la naissance et l'itinéraire de la révolution. Il en émane un besoin maniaque de rejeter de l'ordure, de la crasse. Je soupçonne Vladimir Ilitch Oulianov d'avoir surtout eu du goût pour la propreté, le ménage : "Balayons la terre russe ! Nettoyons la terre russe des insectes nuisibles, des puces (les voleurs), des punaises (les riches) et ainsi de suite... nous les enverrons récurer les chiottes. Ou encore, nous fusillerons sur-le-champ un coupable de parasitisme sur dix."

Le grand Lénine a un point commun avec le Général Emiliano Zapata : lui aussi n'a qu'un programme, à ceci près que, au lieu de comprendre quinze articles, un préambule et un épilogue, il s'étend sur vingt ou trente mille pages imprimées (soit le double au moins de pages dactylographiées).

La différence est là : les quinze articles, quel que soit le nombre de fois où ils sont écrits, restent compréhensibles, tandis que les milliers de pages mettent la patience à bout. C'est une bestiole qui bourdonne dans les oreilles, agite continuellement ses pattes délicates et provoque la gêne. Un beau matin on entendra crier :

— Venez voir, elle a crevé. Elle est là, par terre, elle a crevé la sale bête.

Nous irons nous tenir, les mains dans les poches, dans le Mausolée illuminé. Famille et parents, nous qui avons tant vécu avec la momie de Lénine, nous affecterons la douleur, une simulation en attendant qu'on s'assure que la bestiole a bien pourri. Puis nous quitterons tous ensemble cet endroit, chose que nous n'avions pas faite depuis des dizaines d'années, et nous prendrons le tram pour aller en plein air, en dehors de la ville. Le wagon où nous nous assiérons sera tout brillant d'un soleil chaud. Nous discuterons, bien calés sur nos sièges, des perspectives de l'avenir, qui, à bien les examiner, ne sont pas mauvaises du tout. Parce que notre place à tous, sans qu'on ne se le soit jamais dit les uns aux autres, sera exceptionnellement favorable et prometteuse. Le plus grand soulagement viendra naturellement d'un changement de domicile. Et en arrivant au bout du chemin, nous remarquerons que les filles se seront levées les premières, en étirant leurs jeunes corps. Une grande métamorphose.

Doit-on penser que le Général s'en était douté et que c'est pour cela qu'il avait décidé d'envoyer un message (même si les rumeurs disant qu'il s'agissait d'un message de félicitations persistent) au Chef des bolcheviks ? Peut-être le Général voulait-il dire que, comme la révolution est la rotation d'une planète autour du Soleil, elle a un temps et une fin ? Peut-être que, pour cette raison, ce ne sont pas les papiers des chefs qui comptent, mais les directives données pour sauver, aussi longtemps que possible, les papiers trouvés ? Il était têtu comme une bourrique le Général, à croire qu'il était bolchevik, mais il était effrayé par l'idée de l'usure et de l'échec.

Heureusement qu'il ne s'est pas lui-même mis en route pour aller à Moscou. Reçu en audience au Kremlin, il aurait regardé, muet et compatissant, l'infortuné petit homme, qui, affaibli par la maladie, était assis dans son fauteuil, rétréci au point que certains prétendent que ses pieds ne touchaient plus le sol que lorsqu'il se tenait au bord de son siège. Il avait un œil dont la paupière tombait et recouvrait presque entièrement le globe, tandis que l'autre vous fixait, profond, cynique, inquisiteur, le sourire large, bientôt affreux, comme un croissement de fléau. Il était si près de cet enfant qui naquit à Simbirsk et vécut à Samara, où il fit ses débuts dans la révolution, à l'âge même où les jeunes filles de la haute société font leurs débuts dans le monde, en se montrant à un bal officiel. Il était si près de l'homme qui avait vécu à Paris, en exil, à Zurich, en prison et s'était abandonné au son de sa propre voix qui supportait mal celle des autres.

Il aurait fallu que les papiers se perdent, qu'ils n'aient pas vu le jour, qu'ils soient demeurés des rumeurs, pour qu'il soit possible de les combattre, il aurait au moins fallu que disparaisse cette lettre à Staline datée du 5 mars 1923, explosion provoquée par la conduite de Staline envers la Kroupskaïa, au téléphone, à propos d'une note que le grand Lénine lui avait dictée et dont le destinataire était Trotski. Cette lettre, avec quelques autres, a été appelée *Testament*. Il s'agit en fait de la colère d'un déchu, d'un homme du passé, enfin franc, d'un petit-bourgeois offensé, qui avait totalement oublié qu'il était un cancrelat. Grande métamorphose.

Vous avez eu la grossièreté d'appeler ma femme au téléphone et de l'insulter... Je n'ai pas l'intention d'oublier si facilement ce qui a été fait contre moi et il est inutile de dire que je considère comme fait contre moi ce qui a été fait contre ma femme.

Oubliés les adresses aux camarades, les décorations, le tutoiement des causes communes, les mentions de l'"admirable Géorgien", qui avait si pertinemment jugé l'œuvre théâtrale de Mikhail Boulgakov *Les Journées des Tourbine*. Il n'est pas exclu que Vladimir Ilitch Oulianov ait regretté de n'avoir pas succombé aux balles de la terroriste S.-R. F. Kaplan. Il n'est pas exclu que la solitude ait oppressé Vladimir : il avait nettoyé avec tant de soin les moindres Judas, les traîtres, apostats, déserteurs, gauchistes, révolutionnaires du dimanche, cochons, hystériques, mencheviks, koulaks, tsaristes, bouffons. Et il n'y avait pas de porte de sortie ni de fenêtre pour sauter directement dans la rue. Il était un bambin orphelin. Je suis certain que si le Général avait pu l'imaginer dans cet état, il n'aurait pas décidé de lui envoyer un message, quel qu'il fût. Je me demande même si ceux qui prétendent qu'aucun message n'est jamais parti du Quartier Général pour Moscou ne disent pas la vérité. Mais s'il y a bien eu message et si on a constaté le retard de l'arrivée du Messager, alors le petit père Staline l'aura certainement commenté comme suit : "Notre grand Lénine a vécu une tragédie : il a manqué de temps pour mettre de l'ordre dans la révolution. Je n'ai jamais rien fait à ses dépens. J'ai pris la révolution que, pour des raisons de santé, il n'était plus en mesure de conduire et je l'ai amenée là où il l'aurait amenée, s'il avait eu du temps devant lui. Je l'ai traité comme s'il était mon fils : je n'ai pas prêté attention à ses accès de colère, car ce n'était que l'effet de sa maladie. Parce qu'il était comme un fils, je ne l'ai pas mis en terre. Je lui ai édifié un Mausolée pour avoir toujours sa figure sous les yeux. Lorsque viendra le moment d'envisager les choses avec sang-froid et que nous serons jugés sur nos actes, on constatera que j'ai respecté ses exigences : que nous sortions par la fenêtre pour aller dans la rue, au lieu d'ouvrir la porte. J'ai fait le même coup pour que tout lui paraisse naturel. Tel est le fils que j'ai eu, tel est le petit père que je fus pour lui. Tous les révolutionnaires du monde (avec leurs partisans) sont des Vladimirs qui ne peuvent avancer sans père. Je n'ai jamais eu peur. Aucun révolutionnaire ne peut tuer son père. Car il sait ce qu'il en a coûté à Œdipe d'avoir commis une telle erreur."

Le grand Lénine, allongé dans sa châsse, porte les beaux habits propres de Joseph K. N'oublions pas que ses exécuteurs les avaient soigneusement pliés, comme des choses dont on aurait encore besoin dans un temps qu'on ne pouvait pas prévoir. Je serais curieux de savoir quelle fut la réaction de Franz Kafka lorsqu'il apprit la mort de Lénine. Environ six mois plus tard, le 3 juin 1924, il mourut à son tour.

25

Le Messager voyage, quelque part.

C'est une espèce étrange, que les hommes ne distinguent pas. Lorsque la race des Messagers s'éteindra, il est peu probable que les musées ouvrent leurs salles pour en accueillir un spécimen. Surtout, pas de récompense de ce genre. Que le messager sombre dans l'oubli avec tant d'autres choses. De toute façon, l'immortalité des jeux n'est pas une obligation.

Le Messager voyage, quelque part.

Il appartient, il participe au royaume de longue durée des derniers humains. S'il en était un, le discours qui le décrirait serait empreint de gravité et de tristesse. Puisse-t-on ne pas avoir à subir de telles aumônes.

Et s'il s'épuise et s'éteint, je ne le saurai pas. Je souhaite que mes yeux ne le voient pas. Je ne veux pas que mes yeux le voient. Je ne veux pas qu'un tel message m'atteigne. Jamais je ne cesserai de croire que le Messager est en route.

Athènes, 11 septembre 1988 – 18 octobre 1989

1. Constantin Cavafis (1863-1933) est un poète de la diaspora grecque qui a passé toute sa vie à Alexandrie. Il a écrit une centaine de poèmes et *Ithaque* est considéré comme l'un des plus importants. Marguerite Yourcenar a découvert la poésie de Cavafis à l'occasion d'un voyage en Grèce. Ses traductions, bien qu'assez libres, sont les seules à ce jour à être proches de l'esprit du poète. Voici la traduction d'*Ithaque* par Marguerite Yourcenar :

Quand tu partiras pour Ithaque, souhaite que le chemin soit long, riche en péripéties et en expériences. Ne crains ni les Lestrygons, ni les Cyclopes, ni la colère de Neptune. Tu ne verras rien de pareil sur ta route si tes pensées restent hautes, si ton corps et ton âme ne se laissent effleurer que par des émotions sans bassesse. Tu ne rencontreras ni les Lestrygons, ni les Cyclopes, ni le farouche Neptune, si tu ne les portes pas en toi-même, si ton cœur ne les dresse pas devant toi.

Souhaite que le chemin soit long, que nombreux soient les matins d'été, où (avec quelles délices !) tu pénétreras dans des ports vus pour la première fois. Fais escale à des comptoirs phéniciens, et acquiers de belles marchandises : nacre et corail, ambre et ébène et mille sortes d'entêtants parfums. Acquiers le plus possible de ces entêtants parfums. Visite de nombreuses cités égyptiennes, et instruis-toi avidement auprès de leurs sages.

Garde sans cesse Ithaque présente à ton esprit. Ton but final est d'y parvenir, mais n'écourte pas ton voyage : mieux vaut qu'il dure de longues années et que tu abordes enfin dans ton île aux jours de ta vieillesse, riche de tout ce que tu as gagné en chemin, sans attendre qu'Ithaque t'enrichisse.

Ithaque t'a donné le beau voyage : sans elle, tu ne te serais pas mis en route. Elle n'a plus rien d'autre à te donner.

Si tu la trouves pauvre, Ithaque ne t'a pas trompé. Sage comme tu l'es devenu à la suite de tant d'expériences, tu as enfin compris ce que signifient les Ithaques. (N.d.T.)

2. Marinos Antipas, originaire de l'île de Céphalonie où les révoltes paysannes constituaient une longue tradition, a soulevé les métayers des latifundia de la plaine de Thessalie (Grèce centrale), prêchant le socialisme. Il a été assassiné en 1907. *(N.d.T.)*

TABLE

OUVRAGE RÉALISÉ
PAR LES ATELIERS GRAPHIQUES ACTES SUD
PHOTOCOMPOSITION : SOCIÉTÉ I.L.,
A AVIGNON.
REPRODUIT ET ACHEVÉ D'IMPRIMER
EN AVRIL 1992
PAR L'IMPRIMERIE FLOCH
A MAYENNE,
SUR PAPIER DES
PAPETERIES DE JEAND'HEURS
POUR LE COMPTE DES ÉDITIONS
ACTES SUD
LE MÉJAN
13200 ARLES

DÉPÔT LÉGAL
1re ÉDITION : MAI 1992
N° impr. : 32350.
(Imprimé en France)

47,80/92